Helga Lüsebrink

Die schwarze Schatulle und andere Geschichten

Lektorat & Satz:

Jan-Eike Hornauer, München

www.textzuechterei.de

Covermotiv & -gestaltung:

Tanja Martina Federl, Furth im Wald

www.tanja-martina-federl.de

Herstellung & Verlag:

BoD – Books on Demand, Norderstedt

ISBN: 978-3- 752857-76-4

Helga Lüsebrink

Die schwarze Schatulle

und andere Geschichten

Helga Lüsebrink, geboren 1938 in Lüdenscheid, einer kleinen Stadt im Sauerland in Nordrhein-Westfalen, lebt und schreibt heute in Berlin. Der Krieg bis 1945 und vor allem die Nachkriegszeit brachten Armut auf allen Ebenen. Soweit als möglich besuchte sie von 1944 bis 1953, mit verschiedenen Jahrgängen in einer Klasse, die Pestalozzi-Schule.

Rund 40 Jahre Büro- und Vertriebsarbeit in den unterschiedlichen Bereichen der Metall- und Chemieindustrie folgten, und daneben sowie dazwischen von der Parfümvertreterin über Putzen und Lampenschirmbespannen bis hin zur selbständigen Lebensmittelladenbetreiberin allerlei weitere Dinge. Mehrere Ehen und wichtige Lebensgefährten prägten aber ihr Leben noch mehr als alles Berufliche. Durch sie lernte sie aufregende neue Welten kennen, etwa die Griechenlands, jene des Wohlstands und der Kultur oder die der beruflichen Selbständigkeit.

Seit Beginn ihres Ruhestands widmet sie sich dem Schreiben. 2017 veröffentlichte sie ihre Autobiografie »Mein Leben – erzählt anhand der Männer, die es prägten«.

Inhalt

Schreiben lernen

Als leidenschaftlicher Leser bin ich immer wieder erstaunt, wenn eine scheinbar völlig unbedeutende Situation über Seiten hinweg beschrieben wird – und Bedeutung erlangt. Und ich wundere mich immer wieder, dass dies bereits seit alters her geschieht, wie unzählbare Bücher zeigen.

»Warum gelingt mir das nicht auch?«, frage ich mich.

Viele Möglichkeiten, um das Schreiben zu erlernen, Schreibanregungen zu erhalten und den eigenen Stil zu verbessern, habe ich bereits ausgeschöpft, indem ich an verschiedenen Kursen in Schreibwerkstätten teilgenommen habe und Schreibratgeber gelesen und mich mit Autoren ausgetauscht.

Aber meine Angst vor dem weißen Blatt ist stets stärker als der Impuls, selbst etwas sinnvoll zu beschreiben, was nicht nur kleinteilig und direkt aus meinem Leben geschöpft ist und letztlich nicht nur für mich gedacht, sondern auch und vor allem für Wildfremde, das ihnen etwas sagt, etwas bedeutet, ihnen vielleicht sogar nahe geht.

Bis ich Sarah kennen lerne. Sie schreibt tagein, tagaus ihre Gedanken über irgendwelche Dinge, die ihr gerade in den Sinn kommen, in ihr Notizheft oder tippt sie direkt in den Computer – und formt schließlich all diese Bruchstücke zu Geschichten.

Als Ausgangspunkt nimmt sie oft Beobachtungen aus ihrem Alltag, sie schreibt beispielsweise über irgendeine Person, die an einem Tischchen sitzt und vielleicht auf jemanden wartet, oder über ihren Urlaub mit einer Freundin, der nicht gut gelaufen ist. Doch sie bleibt nicht im Erlebten stehen, von dort aus schweift sie weit ab, entwickelt spannende Geschichten, lebendige Figuren und inspirierende Gedanken. Ja, Sarah schreibt allerschönste Geschichten!

Mit viel Geduld und Ausdauer hat sie mich letztlich davon überzeugen können, es genauso zu machen wie sie, es zumindest zu versuchen: Von Details aus dem Leben auszugehen und von hier aus die eigenen Gedanken

8

immer weiter auszuspinnen. Zunächst ganz zwanglos, mit der Zeit dann immer weiter ausgeformt, bis echte Geschichten entstehen.

In ein Café oder an den kleinen See in der Nähe sollte ich mich dazu erst einmal setzen, hier Inspiration finden, meinen Gedanken freien Lauf lassen und anschließend aufschreiben, was mich bewegt hat. Die leeren weißen Blätter im Notizbuch würden sich so praktisch von ganz alleine füllen. Und das zunächst wohl entstehende Chaos von Worten und Satz- und Gedankenfetzen lasse sich im Nachhinein in Form bringen. Erst einmal gehe es nur darum: immerzu schreiben, schreiben und nochmals schreiben!

Ein hübsches schwarzes Notizbuch von Moleskine begleitet mich inzwischen durch mein Leben. All meine Beobachtungen, Gedanken und Empfindungen geben darin plötzlich den Blick auf verschiedene Figuren und Orte frei, schaffen neue Perspektiven auf das Fremde und Neue und zum Teil auch auf das eigene Leben, befruchten sich gegenseitig, ziehen immer weitere Kreise. Meine Schreibenergie schreitet zuverlässig voran: Der Impuls, Ereignisse, Beobachtungen und Gedanken zu Papier zu bringen, treibt mich jetzt auch regelmäßig in der Frühe an meinen Schreibtisch vor dem Fenster; das ist geradezu der ideale Platz zum Schreiben. Ob ich hier nun weiter im Notizbuch herumkritzele oder Gedanken geordnet in den Computer übertrage – ganz gleich.

Der Schreibtisch und die Morgenstunden – die ungeordneten Gedanken, die unaufhörlich durch meinen Kopf wirbeln und sich im Notizbuch tummeln, sie verbinden, verdichten sich hier allmählich zu Ideen, die ich weiterspinne, und es entwickeln sich Strukturen, Themen, Figuren – und schließlich kleine Geschichten. Lesbar für mich selbst, vielleicht gar auch schon zur Unterhaltung anderer geeignet.

Mein Hauptaugenmerk gilt derzeit zwar immer noch dem eigenen Leben. Dieses interessant und verständlich zu erzählen, das ist keine leichte Aufgabe! Doch es sind auch schon Geschichten und Gedichte, die unabhängig sind von ihm oder es nur als Ausgangspunkt benutzen, entstanden.

Was ist am Ende wirklich wichtiger, und was die größere Kunst? Das ist nicht leicht zu beantworten, zu unterschiedlich sind diese Bereiche.

Aber für mich steht fest, was zuerst kommen muss: Vor allem für meine Familie möchte ich meine Lebenserinnerungen festhalten, außerdem dient mir das autobiographische Schreiben zur Selbstverständigung, also dazu, etwas Neues über mich selbst zu erfahren.

Das autobiographische Schreiben ist also zunächst am wichtigsten; doch es soll über meinen privaten Kreis hinaus von Bedeutung sein können, es soll auch für ganz Fremde von Interesse sein. Es soll sie berühren und ihnen etwas sagen, wie das Erzählen eines jeden Lebens es kann, wenn man das Leben nur gut und schlüssig genug darstellt. Bald traue ich mich endlich an mein Großprojekt, meine Autobiographie im Ganzen und nicht nur in einzelnen Bruchstücken und Splittern, heran. Das ist allerdings, wie ich schnell feststellen muss, viel schwieriger, als ich gedacht hatte: Lange Texte sind um ein Vielfaches komplexer als kurze (und nur mit solchen habe ich bislang im Erfundenen und im Autobiographischen Erfahrung), dazu ist das Auswählen, was wichtig ist und was nicht, was erzählt wird, was unerzählt bleibt und wo die wichtigen Erzählfäden zu finden sind, wenn es so unmittelbar einen selbst betrifft und ja das wirklich Gewesene im richtigen Umfang und Zusammenhang abgebildet werden soll, sehr schwierig.

Im Erfundenen ist es viel einfacher, sich nur auf einen Erzählfaden zu konzentrieren, auch kann hier etwas nicht in die Erzählung Passendes einfach weggewischt werden. Und wenn man nur einzelne Anekdoten oder Begebenheiten aus seinem Leben erzählt, dann macht es auch nicht so viel, wenn etwas, was hier nicht mit hineinpasst, gestrichen wird: Man kann es dann ja an anderer Stelle, in einem anderen Text noch unterbringen.

Doch bei einer vollständigen Autobiographie, da kann nichts einfach weggelassen werden, da muss der ganze Stoff eines Lebens so geglättet, so in Form gebracht werden ... Doch das alles ist nicht einmal das Schwierigste.

Nein, denn in der Situation des Beschreibens erlebe ich den Schmerz des Verlustes, den ich einst schon nicht zu verwinden geglaubt hatte, und dies gleich mehrfach in meinem Leben, besonders aber auf den Tod meiner großen Liebe bezogen, noch einmal. Das tut weh und rüttelt unglaublich heftig an meiner Seele!

Ebenso aber, und das ist natürlich eine sehr schöne Erfahrung, beschwören meine Gedanken auch alte Gefühle des Glücklichseins wieder und wieder herauf. Ich durchlebe mein Leben noch einmal – sehr intensiv. Und am Ende, nach einem langen Schöpfungsprozess und vielen Überarbeitungen, ist sie schließlich da: meine Biografie »Mein Leben – erzählt anhand der Männer, die es prägten«. Eine sehr erfüllende Erfahrung! Das Schreiben, das Arbeiten am Text – aber ebenso, am Ende das Buch in den Händen zu halten.

Eine Erfahrung auch, die nicht wiederholbar ist. Und zugleich sicher nicht die letzte, was das Schreiben und mich angeht: Ich setze nun neue Schwerpunkte. Ich erfinde mehr. Oft ausgehend von einem realen Detail, schreibe ich, ganz wie Sarah es macht, jetzt mehr und mehr Geschichten und Gedichte. Hier lasse ich nun meine Welt und meine Emotionen einfließen, hier durchlebe ich mit meinen Figuren Szenen, die mitten aus dem Leben stammen könnten.

Schreiberisch will ich mich immer weiter entwickeln. Mit Sarah rede ich deshalb viel übers Schreiben, und auch mit anderen Autoren tausche ich mich gerne aus, unter anderem in Schreibwerkstätten, auf Autorentreffen, in einem Autorenverband.

Doch ich bin nicht nur gern mit diesen Leuten zusammen, weil ich hier Schreibtipps erhalte, ja, allgemein gilt, ich habe nicht nur viel über das Schreiben an sich sowie über mich selbst erfahren durch das Lernen des Schreibens, sondern ich habe auch, von den ersten Textwerkstätten bis heute, viele interessante und wertvolle Menschen so kennen gelernt.

Schreiben öffnet, und Schreiben verbindet. Schreiben gelingt nur, wenn man ganz Mensch ist, ganz man selbst. Und so sind dann auch die Verbindungen, die man mit anderen Schreibenden knüpft, ganz besondere.

Der Stein Adalbert

Ich bin Adalbert, groß oder klein, rund oder eckig, schwarz oder weiß oder einfach nur natürlich, das wird verschieden gesehen. Einzigartig, unberechenbar und manchmal sogar verwandelbar bin ich nämlich.

So weit meine äußeren Merkmale. Was mich aber wirklich ausmacht, wissen die wenigsten; das ist mein Geheimnis. Selbst meine unzähligen Geschwister vermögen mein Verhalten offenbar nicht einzuschätzen. Denn manchmal loben sie mich als einen Stein der Weisen, weil ich viel weiß, und ein anderes Mal bezeichnen sie mich als einen skrupellosen Stolperstein.

Egal, meist gehe ich ihnen sowieso aus dem Wege, um nicht irgendwann in den Abgrund mitgerissen zu werden. Abgründe gibt es eine ganze Menge, sowohl in der Natur – denken Sie nur etwa an die Klüfte in den Tiefen der Meere oder in Gebirgszügen – als auch im täglichen Leben eines Menschen oder eines Steines – die seelischen Abgründe zum einen, zum anderen jene zwischen all dem Gerümpel, das die Menschen überall hinterlassen, seinen protzigen Bauten und seinen Bergen an Schutt und Müll.

Eigentlich fühle ich mich in der Natur am wohlsten. Ich erfreue mich am frischen Duft eines Waldbodens an einem See oder an jenem an einer sonnigen und abfallenden Felswand des Tramuntana-Gebirges, oder daran, mich zu tummeln in der Nordsee, umgeben von den rauschenden Wellen, im Spiel von Flut und Ebbe, zu allen Jahreszeiten; so etwas kann ich genießen. Dann kann ich auch mal ganz ruhig werden.

Die ständige Bewegung der Welt und meine Lebendigkeit lassen mich aber an sich schon nur selten zur Ruhe kommen. Und gerade in der heutigen, in dieser hektischen und modernen Welt mit ihrer fortschreitenden Technik, findet man kaum noch Ruheplätze. Auf einem Friedhof könnte ich natürlich Ruhe finden. Mit den Toten vereint, am besten irgendwo auf einem kleinen Erdhügel fest einzementiert.

Dort würde ich mich dann den jeweiligen Besuchern besonders toll präsentieren. Aber:

Für immer und ewig ab da stocksteif, unbeweglich und vollkommen unfrei, ja wahrscheinlich abgeschottet mein Leben dort verbringen? Nein, diese Endstation wäre schrecklich und traurig, ganz und gar grausam! Diesen Ruheplatz würde ich also niemals auswählen.

Doch dort, wo ich gerade bin, in meinem jetzigen Zuhause, das lange recht ruhig, aber auch schön und voller Freiheit war, kann ich auch unmöglich bleiben: Hier werden wir Steine seit einiger Zeit aufgesammelt, immer mehr von uns, wir werden auf einen riesigen Lkw geworfen und anschließend auf einer Baustelle verarbeitet, für das neue Haus von Herrn Siebensohn.

Wenn ich hierbleibe, ergeht es mir also auch nicht besser, als wenn ich Teil eines Zementsockels für den Friedhof würde; es wäre sehr ähnlich, aber noch viel profaner.

Was die Menschen so alles mit uns Steinen machen, ist kaum auszudenken, und dann sagen sie oft und immer wieder, als ginge es darum, uns zu beschützen: »Wirf nie den ersten Stein!« – Das ist doch Lug und Trug!

17

Ich weiß ziemlich gut Bescheid, was so alles auf Gottes Erdboden passieren kann und auch passiert, habe schon so viel erlebt ... und meine Geschwister, die weit und breit verteilt sind, können ebenfalls Geschichten erzählen, unglaublich, aber alle wahr, ob sie nun heiter sind oder auch sehr ernst ...

Eigentlich hatte ich bisher immer Glück in meinem Leben. Vielleicht auch deshalb, weil ich mich öfter zurückhielt und meist nicht überall anhing wie eine Klette in all der langen Zeit, die ich in der Welt unterwegs bin.

Ganz anders war ich übrigens nur in meinen frühen Jahren: Da war ich sehr anhänglich und hakte mich bei einigen Stein-Geschwistern sehr oft ein, am liebsten bei Josefine; sie war besonders zackig und kantig, zum Einhaken bestens geeignet. So fühlte ich mich sicher, doch dieses Gefühl hatte auch was Trügerisches: Die Flut hat uns – also vor allem Josefine und mich, manchmal aber auch andere Steine und mich – oft stark aneinandergedrückt; manchmal ist dabei auch etwas von mir abgerieben oder gar abgesprengt worden. Das war sehr schmerzhaft, und meine Schönheit hat auch darunter gelitten. Das stimmte mich jeweils sehr traurig, wenn so etwas passierte.

Das kennen die Menschen ja auch, wenn sie sich verschiedentlich aneinander reiben: Wie es da knallen kann, wie man sich da aufreiben kann! Oder auch wie man sich einfach deshalb aufreiben kann, weil man sich zu viel auflädt, der Druck zu groß wird ... sie können eben niemals genug bekommen, von allem.

Übrigens auch nicht von uns Steinen. Ein Erlebnis ist mir hier besonders gut in Erinnerung geblieben:

Ich lag am Strand von Hawaii, genauer dort, wo Strand und Meer sich berühren. Eine frische Brise strich über mich hinweg, die sanften Ausläufer des Pazifischen Ozeans umspülten mich, ich wurde hin- und hergeschaukelt. Die warmen Sonnenstrahlen hafteten auf meinen Rundungen und verliehen meinem Äußeren einen glitzernden Schein. Ich war glücklich und lauschte dem Gleichklang der plätschernden Wellen und ließ mich von ihnen genießerisch umspielen, wohl wissend, dass so viele andere Steine in meiner Nähe waren, die das gleiche taten.

Bald schon aber wurde diese Idylle zerstört: Unzählige Hände und noch viel mehr Finger wurschtelten im Sand herum, nahmen zuerst viele offen liegenden Steine mit, vom zucker-feinen trockenen Sand am Strand, aber auch vom feuchten Sand am Meer und gar etwas bis in den überspülten Bereich hinein. Und bald buddelten sie auch, eine Menge größerer und kleinerer Steine fiel ihnen so zum Opfer ...

Diesen Räubern von Menschen wollte ich un-bedingt entkommen, ich versuchte, mich all-mählich von den Fluten des Meeres davontra-gen zu lassen. Das aber gelang mir nicht.

Schließlich landete ich, inmitten von unzäh-ligen anderen Steinen, in einem Weidenkorb; nun war auch ich hilflos ausgeliefert. Immer-hin: Wir waren alle, soweit ich das sehen konnte, wirklich schöne Steine! Ein bisschen stolz machte das schon, hier dabei zu sein ...

Aber dieses Ausharren in unbeschreiblicher Enge! Und diese Anspannung: Was nur würde mit uns Schönheiten geschehen?

20

Auch die anderen fragten sich das wohl. Wir Steine wurden ungeduldiger und ungeduldiger.

Unter heftigem Ruckeln und Schuckeln – wir rieben uns mehr und mehr aneinander – gelangten wir an einen geräuschvollen Ort. Von Menschenhänden wurden wir aus dem Korb herausgezerrt und rücksichtslos auf einer harten weißen Fläche verteilt.

Mir ging es als Erstem an den Kragen. Es wurde an mir herumgefeilt und geschliffen. Immer kleiner wurde ich. Bald fühlte ich mich wie zusammengeschrumpft. Meine schönen Ecken und Kanten, die wenigen, die mir bis dahin noch geblieben waren, hatte ich verloren, und auch meine herrlichen echten Rundungen eingebüßt. Ich wurde »in Form gebracht«, in die, die man brauchte, und dann in eine kleine Skulptur als Teil hineingefügt! Fest hineingepresst in einen künstlichen Schmuck für die künstlichen Räume des Menschen.

Mein Leben draußen, in der freien Natur war für lange Zeit vorbei. Die Menschen hatten mich meiner Ursprünglichkeit beraubt. Man hatte mich verändert, einfach verändert und verformt und hineingezwängt in ... dieses grässliche Kunstwerk. So wie die Menschen immer alles verändern und verformen wollen und dies auch tun. Ich war zum Kunstwerk, zum Luxusgegenstand geworden – beziehungsweise zu einem Teil von ihm.

Doch zum Glück nicht für immer ...

Die schwarze Schatulle

»Hallo, Schatz, bin wieder da – ich hoffe, du hast mich so schnell nicht vergessen«, rief Alice zu Gustav, als sie gerade von einem Arztbesuch heimkam und die Wohnungstür hinter ihr ins Schloss gefallen war. Gustav war ihr verstorbener Mann, der nun als Bild, umrandet von einem silbernen Rahmen, an der Wand hing, rechts über der kleinen weißen Kommode im Hausflur. Alice sprach immer noch mit ihrem Gustav, ganz so als wäre er noch am Leben. Immerhin waren die beiden über dreißig Jahre miteinander verheiratet gewesen, und sie hatten stets zusammengehalten, in guten wie in schlechten Zeiten – so wie sie es sich am Traualtar versprochen hatten.

Ein Leben ohne Gustav hatte sich Alice nie vorstellen können, und sie konnte es immer noch nicht. Also nahm Gustav eben auch weiterhin an Alices Leben teil – wenn auch etwas weniger aktiv.

Obwohl, sonderlich aktiv war seine Teilnahme ohnehin nicht immer ausgefallen: Er hatte einen stressbeladenen Job gehabt. Tag für Tag hatte er bei der Hypothekenbank mit Schulden und hochmütigen Kunden zu tun und bald auch, nachdem er ein wenig aufgestiegen war, mit unfähigen Untergebenen. Es hatte meist seine ganze Kraft gebraucht, um irgendwie alles unter Kontrolle und am Laufen zu halten. Und abends, wenn er aus dem Büro nach Hause gekommen war, war er häufig nur noch müde gewesen; oft waren ihm nach dem Abendessen bereits die Augen zugefallen. Um seine Frau hatte er sich dann kaum noch kümmern mögen. Nur für seine Tauben, für die hatte er immer Zeit gefunden, für die war er nie oder nur selten zu müde gewesen! Jedes Frühstück, sogar das Sonntagsfrühstück hatte immer erst beginnen können, wenn er endlich mit seiner verfluchten Taubenfütterung fertig gewesen war.

»Tauben, immer nur Tauben, sonst hat mein Gustav nichts im Kopf!« So hatte sie oft über ihn gemeckert. Und vor sich selbst hatte sie immer wieder mal hingebrummelt: »Taubenscheiße, der Mann hat nur Taubenscheiße im

Hirn!« Ansonsten aber war ihr Gustav eine Seele von Mensch gewesen. Und letztlich da hatten sie irgendwie ja doch immer etwas Zeit füreinander gefunden, wenn auch weniger wegen dieser Taubenverrücktheit. Doch sie hatte immer jemanden gehabt, dem sie das Alltägliche hatte erzählen, mit dem sie es hatte teilen können – auch wenn er nie viel gesagt hatte.

Das Alleinsein, ohne ihren lieben Gustav in diesem großen Haus, dem gemeinsamen Haus zu leben, das war schlimm für Alice. Und sie wünschte sie sich nichts mehr, als ihren »Tauben-Gustav« zurück ins Leben. Ohne Gustav schien ihr das Leben sinnlos und leer.

Die Zeit zog zäh und monoton an ihr vorüber – einfach trostlos! Der Gustav an der Wand, er half zwar, doch nur gerade ausreichend dafür, dass sie nicht durchdrehte.

Samstagmorgen: Alice las, wie immer, die Berliner Morgenpost und überflog den Anzeigenteil.

Biete perfekte Dienste in Haus und Garten … gerne auch als Begleitperson … Marlene … Tel. …

Diese Kleinanzeige machte Alice nachdenklich; sie stutzte und las sie noch einmal, dann gleich ein drittes Mal. »Das wär doch was«, dachte sie und strich über die Zeitung. Hilfe im Haus und im Garten konnte sie wirklich gebrauchen, außerdem: Mit Begleitung würde sie vielleicht endlich einmal all die Kulturgänge – Theater-, Museums-, Konzertbesuche und so weiter – unternehmen, die sie schon immer hatte erleben wollen!

Wann hatte sie ihren Gustav einmal zu so was überreden können?

Gut, ein paar Mal war es schon vorgekommen, ihr zuliebe und auch weil er es seiner gesellschaftlichen Position schuldete. Aber eben ausgesprochen selten. Und alleine hatte sie nie losgewollt, nicht als Gustav, ihr alter Kulturmuffel, noch gelebt hatte, und auch nicht danach.

Klar, diese Marlene würde ihren Gustav niemals ersetzen können, ihr aber vielleicht über viele einsame Stunden hinweghelfen, wieder ein klein wenig Farbe in ihr Leben bringen. Spontan nahm Alice das Telefon und rief

Marlene an. Sie vereinbarten ein Kennenlerntreffen – zwei Tage später. Marlene wirkte nett, Alice war froh, dass sie angerufen hatte.

Zwei Tage darauf: Alice war aufgeregt. Doch das wollte sie sich nicht anmerken lassen? Sie saß in der Küche und wartete. Doch was, wenn Marlene gar nicht kam?

Marlene erschien jedoch, und dies sogar pünktlich. Aber eine Überraschung gab es: Sie kam nicht alleine, sie hatte Sophia, eine Freundin, mitgebracht.

»Komisch«, dachte Alice und war etwas verärgert. Eigentlich wollte sie nur mit Marlene reden, das gehörte sich doch so bei einem Kennenlernen, bei einem Vorstellungsgespräch, allgemein schon und auch wegen der Finanzen, die ja hier besprochen werden mussten. Doch bald war der unerwartete Auftakt egal: Marlene gefiel ihr einfach, und ihr schien es mit Alice nicht anders zu gehen. Schon gleich am nächsten Tag sollte Marlene mit ihrer Arbeit bei Alice beginnen. Nur zwölf Euro die Stunde verlangte Marlene, egal ob als Haushaltshilfe

27

oder Gesellschafterin. Bei Ausflügen würde Alice dazu natürlich alle Spesen tragen müssen. Das war aber okay!

Marlene strahlte vor Glück, als Alice, selbst sehr erfreut, ihr die Hand reichte, um die Abmachung zu besiegeln. Sophia strahlte ebenfalls – und zwar schien dieses Strahlen Alice nicht ganz ehrlich zu sein, doch was sollte sie das kümmern: Ihr ging es schließlich um Marlene, mit Sophia würde sie nichts weiter zu tun haben.

»Das hat ja prima geklappt«, hörte Alice Sophia noch zu Marlene sagte, als sie davongingen, kurz bevor sie die Tür ganz geschlossen hatte. War da ein irritierender Unterton? Ach was! Und wenn schon, dann war es doch auch egal! Alice drückte die Tür ganz zu und sagte zu Gustav: »Ja, das hat prima geklappt!«

Und wirklich: Mit Marlene startete für Alice eine neue Zeit: Marlene war beinah jeden Tag da, für eine Stunde manchmal nur, mal auch für zwei oder drei half sie in Haus und Garten. Und dabei redeten sie unablässig miteinander

– wie viel sie sich zu sagen hatten! Und wie gut Marlene zuhörte!

Und zusätzlich gingen sie noch ins Museum, ins Theater, sogar ein Opernbesuch war geplant! Nach kurzer Zeit schon war Marlene aus Alices Leben nicht mehr wegzudenken. Und wie glücklich Alice war, wenn sie Gustav von Marlene erzählte!

Eines Tages, nach fünf, sechs Wochen vielleicht, sprachen Alice und Marlene sogar über Geheimnisse. Da berichtete Alice, dass sie eine geheime Schatulle habe. Sie zeigte sie Marlene sogar, da diese sie unbedingt sehen wollte. Nur einen Blick hinein in das schmucke schwarze Kästchen, das Gustav ihr eins geschenkt hatte, gewährte sie nicht, trotz allen Bittens und Bettelns.

Und sie verriet auch nicht, was darin war. Einerseits weil Marlene dies nun doch nichts anging, und andererseits auch weil der Inhalt nicht wirklich überraschend war: Sie verwahrte dort die wichtigsten Dokumente, den geerbten Schmuck ihrer Mutter und natürlich den, den sie von Gustav im Laufe der Jahre geschenkt bekommen hatte, aber nicht täglich trug.

Wenige Tage später, unmittelbar vor dem geplanten Aufbruch zur Opern-Premiere, gab es allerdings eine Enttäuschung: Marlene rief an und sagte ab. Sie hustete stark und schniefte mehrmals während des kurzen Telefonats. Für Alice wirkte das stark übertrieben. War sie wirklich krank? Oder hatte sie nur einfach keine Lust, was anderes, was Besseres vor? Alice war verärgert, als sie aufgelegt hatten und sie das ganze Telefonat noch einmal durchdachte. Erstmals schimpfte sie jetzt Gustav gegenüber auf Marlene.

Oder war sie vielleicht doch einfach erkrankt – und hatte nur die Symptome so nach außen gestellt, damit ihr auch sicher geglaubt würde? Egal! Sie, Alice, würde sich den Abend jedenfalls nicht nehmen lassen, zu sehr hatte sie sich schon darauf gefreut! Alice machte sich weiter zurecht. Dann ging sie in die Oper. Es war eine traumhafte Aufführung! Und schade war es zwar, dass sie alleine war, doch wie viel besser war es, alleine hier zu sein, als trübsinnig und verloren zu Hause!

Doch zu Hause angekommen, erlebte sie, als sie sich in den ersten Stock begab, um sich im Schlafzimmer auszukleiden, einen Schock: Die Tür zu ihrem Schlafzimmer stand offen – und das war ihr als Dame alter Schule gewiss nicht selbst unterlaufen! Und richtig, als sie hineineilte, sah sie sofort: Ihre antike Kommode, eine zauberhafte Handarbeit mit wunderbaren Verzierungen, war aufgebrochen worden, alle Schubladen und die Klappe – sie waren wie stets abgeschlossen gewesen – hatte jemand brutal herausgehebelt. Alles Bargeld fehlte (sie bewahrte immer ein paar hundert Euro in der Schublade auf für alltägliche Dinge, etwa für den Lohn von Marlene), und, noch viel schlimmer, die schwarze Schatulle war verschwunden! Doch erstaunlich: Die Eingangstür war nicht beschädigt.

In Alice keimte ein Verdacht auf. Sie eilte zum Schlüsselbord im Flur, und richtig, der

Zweitschlüssel fürs Haus, der dort immer hing, fehlte. »Dieses verfluchte Miststück!«, schrie sie. Und dann: »Gustav, hilf mir!« Doch Gustav blieb natürlich stumm und starr wie immer.

Alice schnappte sich das Telefon, wählte Marlenes Nummer, eine Handynummer, denn eine andere hatte sie nicht von ihr – das war ihr in der heutigen Zeit auch nicht merkwürdig vorgekommen, doch nun sah sie hierin einen weiteren Beleg für ihren Verdacht. Es klingelte. Doch niemand nahm ab. Als der Anrufversuch automatisch abgebrochen worden war, wählte Alice gleich noch einmal. Nun war das Handy abgeschaltet. Zitternd setzte sich Alice auf ihren Küchenstuhl. Fassungslos schaute sie ihr Telefon an.

Das Handy blieb auch die nächsten Tage abgeschaltet. Alice versuchte ihr Glück bei der Polizei. Die Beamten konnten ihr nicht weiterhelfen: Die Nummer gehörte zu einem Prepaid-Handy. Der Besitzer war entsprechend unbekannt. Und eine Frau namens Marlene Waldmann gab es laut Melderegister auch nicht. Zumindest der Nachname war falsch, vielleicht stimmte selbst Marlene nicht.

Ihren Bruder, einen angeblichen Ernst Waldmann, der im Finanzamt seiner Rente entgegenwartete, konnte man auch nicht ausfindig machen. Ach, Marlene hatte ihr wohl nur Humbug erzählt, sie von vorne bis hinten belogen!

Und dann noch diese Beamten ... eigentlich waren sie ja nett, aber einer konnte sich doch tatsächlich nicht den Hinweis verkneifen, dass das eben davon komme, dass man Leute schwarz beschäftige, man sich entsprechend weder einen Personalausweis habe zeigen lassen noch eine Kontoverbindung kenne, die natürlich leicht nachverfolgbar wäre.

Tief enttäuscht, so belogen und hinters Licht geführt und schändlich beklaut worden zu sein, zog sich Alice wieder alleine in ihr Haus zurück. Nur zum Einkaufen verließ sie es noch.

Doch eines Tages, als Gustav ihr sagte, sie müsse raus, dringend einmal raus – da folgte sie seinem Rat. Und dies nicht, weil sie wirklich

33

glaubte, dass er zu ihr gesprochen hätte, sondern weil sie genau wusste, dass dies eben nicht der Fall war und dass sie nur langsam einen echten Koller bekam. »Alice, du fängst an zu spinnen«, sagte sie zu sich, »völlig durchzudrehen. Du musst wirklich dringend einmal raus!«

Und so machte sie sich fertig für einen Spaziergang. Damit sie ein Ziel hatte, wollte sie zum Flohmarkt gehen, der heute, wie sie aus der Zeitung wusste, ganz in der Nähe stattfinden würde. Bei dem angenehmen Wetter, das heute herrschte, einfach etwas draußen herumzugehen und auf dem Flohmarkt, auf dem man ja auch ganz grundlos sein durfte, ohne aufzufallen, etwas herumzuschauen, das würde ihr guttun! Oder? »Hoffentlich tut es mir gut«, sagte sie zu Gustav. »Hoffentlich.«

Bei warmen Sonnenstrahlen ging sie langsam zum Fluss und an ihm entlang. Sie merkte, wie sich ihr Geist rasch lüftete. Die Wärme zu spüren, den sanften Lufthauch, das Wasser zu sehen, die Wiese, Menschen mit Freizeit und guter Laune ... das alles half gleich! Sie atmete tief durch. Sollte sie überhaupt noch zum Trödelmarkt gehen? Schließlich war er drinnen aufgebaut, in einer Tennishalle, damit er wetterunabhängig stattfinden konnte. Ach ja, sie hatte es sich vorgenommen, dann würde sie es auch tun!

Alice bog nach rechts ab, Richtung Tennisanlagen. In der großen Halle wurde der Flohmarkt veranstaltet. Da war ganz schön was los! Kurz stutzte Alice am Eingang, dann betrat sie aber doch die Halle und begab sich, wenn auch etwas unsicher und zögerlich, ins Gewühl. Sie musste sich zuweilen förmlich durch die dichte Menschenmenge zwängen, die den ausgestellten Nippes und Firlefanz begutachtete und ungeheuer viel dabei schnatterte.

Antik- und Trödelmärkte waren nie ihr Fall gewesen. Ach, wäre sie nicht doch besser zu Hause geblieben, dort könnte sie jetzt bei einer guten Tasse Tee auf dem Sofa sitzen! »Und Stimmen hören«, fügte sie für sich an. »Verrückt werden! Viel verrückter als mein Gustav jemals war.«

Nein, es war schon gut, dass sie rausgegangen war. Nur auf den Flohmarkt zu gehen … ihr wurde immer enger in der Brust.

All die Geräusche, das Gedränge, die vielen Eindrücke … Sie musste hier raus!

Hektisch schaute sie sich um: Sollte sie dahin zurück, wo sie hergekommen war, oder sollte sie sich durchkämpfen bis zum Tor am anderen Hallenende? Hinter ihr erschien ihr das Gewühl nahezu undurchdringlich. Sie kämpfte sich also, den Blick stur geradeaus gerichtet, zum Tor am anderen Hallenende. Sie kam ganz gut voran und immer weiter fort – bis ihr plötzlich jemand ins Auge fiel und sie wie angewurzelt stehenblieb. Dort, am vorletzten Stand, die Verkäuferin kannte sie doch!

Alice kniff die Augen zusammen und sah noch genauer hin: Ja, es war die Freundin von Marlene, es war Sophia, die da unter anderem Schmuck und Deko-Gegenstände anbot.

Alice drängte es nach vorne, sie schob sich, so schnell es nur ging, bis direkt an den Stand. Und schon auf dem Weg dorthin sah sie die schwarze Schatulle, ihre schwarze Schatulle!

Inmitten anderer Kästchen verschiedener Größen stand sie dort auf dem Tisch. Am Stand angekommen, nahm sie sie mit einem ruppigen Griff an sich und presste sie förmlich an ihren Körper.

»Meine Schatulle, das ist meine schwarze Schatulle, die von meinem Gustav!«, rief sie.

Erschrocken blickte Sophia sie an. Offensichtlich hatte sie Alice wiedererkannt und war von dieser Situation hier vollkommen überrascht. Schnell aber veränderte sie ihren Gesichtsausdruck, von erschrocken auf wütend. Und dann schrie sie zurück: »Sie sind ja verrückt! Geben Sie mir meine Ware wieder, oder bezahlen Sie sie!«

»Niemals«, erwiderte Alice. »Das ist mein Eigentum, und dass wissen Sie genau, Sie Diebin!«

Nun drohte Sophia mit der Polizei.

»Nur zu, die will ich auch gerne hier haben!«, gab Alice zurück. »Die Schatulle habe ich jetzt zwar wieder, aber mein Bargeld fehlt noch! Und außerdem«, Alice schüttelte die Schatulle, die so leicht war, dass es sie wirklich nicht wunderte, dass in ihr nichts klapperte, »ist die Schatulle leer – wo ist mein vieler Schmuck?«

Die Umstehenden blickten völlig verdattert drein. Die meisten konnten mit der Situation gar nichts anfangen, zwei, drei zückten ihr Handy, wohl um wirklich die Polizei zu rufen, ein Mann versuchte schlichtend einzugreifen: »Beruhigen wir uns doch alle erst einmal, und dann …«

»Sie haben recht«, wurde er von Sophia unterbrochen. Und an Alice gewandt setzte sie ruhig und bestimmt hinzu: »Kommen Sie doch bitte kurz mit nach draußen, da können wir das in Ruhe klären!«

Alice nickte. Vielleicht würde sie da ja wirklich noch mehr erfahren!

Sophia bat ihre Standnachbarin, für ein paar Minuten auf ihren Stand mit aufzupassen. Dann gingen die beiden Frauen nach draußen.

»Behalten Sie die Schatulle«, sagte Sophia. »Marlene hat sie mir angedreht – und bei der weiß man nie, die macht schon manchmal krumme Dinger.«

»Und Sie haben gar nichts damit zu tun, wie?«, fragte Alice ungläubig. Und setzte noch hinzu: »Und der Schmuck? Und das Bargeld?«

»Nein, ich habe mit krummen Dingern nichts zu tun. Ich verdiene mein Geld ehrlich, das sehen Sie ja«, sagte Sophia und wies in Richtung ihres Standes. »Und von Geld oder Schmuck weiß ich nichts. Ich habe nur die Schatulle bekommen, und die war leer. Ich sollte sie für Marlene verkaufen, das ist alles.«

»Und das soll ich Ihnen glauben?«

»Müssen Sie.«

»Und wo ist Marlene?«

»Keine Ahnung. Italien, Spanien … ich weiß es nicht genau. Jedenfalls ist sie nicht mehr hier.«

»Pah«, machte Alice und winkte ab.

Sophia ging wieder in die Halle.

Alice blickte ihr noch kurz hinterher, dann eilte sie nach Hause, um von dort aus die Polizei zu informieren.

Vielleicht brachte das ja doch noch was!

Schließlich meldete sich ein Beamter bei ihr, er hatte aber keine guten Nachrichten: Als die Polizei auf dem Flohmarkt eingetroffen war, hatte Sophia schon längst ihren Stand abgebaut und war verschwunden. Niemand vor Ort kannte sie, ihre Identität blieb ungeklärt. Wer Marlene und Sophia eigentlich waren, wo sie sich aufhielten … das könne man wohl nicht aufklären, und den ganzen Fall damit ebenso wenig. Vielleicht passiere ja noch ein verrückter Zufall – viel wahrscheinlicher aber sei, dass sie, Alice, wie bei Einbrüchen leider üblich, das Gestohlene abschreiben.

Alice bedankte sich höflich, legte dann aber erschöpft den Hörer auf: Alle Anspannung war zwar aus ihr gewichen, doch sie merkte mit einem Mal, wie anstrengend das alles gewesen war.

»Und das auf unsere alten Tage, nicht wahr?«, sagte sie Richtung Gustav. Und ein leises Lächeln stahl sich auf ihr Gesicht. »Immerhin, deine Schatulle habe ich retten können, immerhin«, fuhr sie fort. Dann streichelte sie über die schwarze Schatulle, die vor ihr auf dem

Tisch stand. »Das Geld ist weg, aber das war ja nun auch nicht so viel. Und der schöne Schmuck, der ja auch so wertvoll war! Aber immerhin, die schwarze Schatulle ist wieder da. Im Grunde ist sie mir das Wichtigste, weißt du? Sie ist das erste Geschenk, das du mir gemacht hast. Sie will ich nie loslassen – so wie du mich nie loslassen willst.«

Sie schluckte.

»Und das sollst du auch nicht. Aber eines steht fest: So kann es nicht weitergehen. Ich werde das Haus verkaufen und in eine kleine Wohnung ziehen, und zwar richtig in der Stadt drin. Damit ich nicht mehr Platz habe, als ich gebrauchen kann. Und damit ich unter Leute komme. Denn, weißt du, sonst werde ich noch wunderlich. Und das wollen wir ja nicht, nicht wahr? Das reicht ja schon, wenn du das bist, mein Tauben-Gustav.«

Die Münze

Ich bin eine Münze und komme aus Dänemark, dort wurde ich in die Welt gepresst. Fast überall bin ich zuhause. Von Hand zu Hand wandere ich, ja sogar von Land zu Land, manchmal gar zwischen verschiedenen Kontinenten hin und her, und das schon viele, viele Jahre lang.

Meine Zukunft, sie liegt offen vor mir! Wer weiß schon, wie eine Zukunft auszusehen hat? Stabil und widerstandsfähig gehe ich meiner Wege, auch dann, wenn ich hier und da alt und verbraucht erscheine. Das ist nur meine Äußerlichkeit, den eigentlichen Wert trage ich in mir selbst.

Die Menschen behandeln mich ganz nach ihrem jeweiligen Ermessen: manchmal gut, manchmal ohne nachzudenken oder ohne zu wissen, was wirklich gut für mich wäre, nur selten auch mal verächtlich.

Natürlich bleiben Ausnahmefälle am besten in Erinnerung. So kann ich mich noch gut daran erinnern, wie es war, als ich vor geraumer

Zeit einmal in einem Schaukasten gelandet bin, als bewundertes Einzelstück, eingefasst von Wänden aus Glas, sicher gehalten von einer Plexiglas-Vorrichtung auf einem Podest. Ich war geputzt und poliert, glänzte auf beiden Seiten und überall. Selbst meine kleinen Verzierungen und Zahlen, die doch so schnell stumpf und dreckig werden, erstrahlten wieder wie an meinem ersten Tag.

Ich hatte das große Glück gehabt, in die Hände eines Sammlers zu gelangen.

Leider verstarb er eines Tages. Und seine Erben wussten mich nicht wertzuschätzen. In ihren Augen war ich nichts Besonderes. Nicht mehr wert als mein aufgeprägter Betrag angibt. Sie ... brachten mich wieder in Umlauf.

Nun wurde ich von einigen kurz interessiert betrachtet, wenn sie mich zufällig in die Hand nahmen. Und gelegentlich strich jemand zart mit dem Daumen über mich, bevor er mich ausgab. Andere wiederum behandelten mich unachtsam, schleppten mich in dunklen Hosentaschen mit sich herum, in denen ich eng aneinandergepresst mit anderen Münzen, mit

Schlüsseln, Feuerzeugen und Taschentüchern (ja, auch benutzten!) ausharren musste. Oder ich langweilte mich in der behüteten, dunklen Enge teils wahnsinnig überfüllter Geldbeutel. Oder aber ich lagerte, nachdem ich hastig in einen dieser Automatenschlitze gesteckt worden war, im Münzbehälter, mal nahezu alleine in dieser kalten Düsternis, oder mal von unten und oben bedrückt von unzähligen anderen Münzen.

Am allerschlimmsten aber war es, wenn ich, was mir zwei Mal passiert ist, verloren wurde. Einmal konnte mich eine Hosentasche nicht mehr halten. Und ein anderes Mal wurde ich von einem hektischen Besitzer unbemerkt aus seinem Portemonnaie geschleudert.

In beiden Fällen lag ich für Tage im Rinnstein, nass und verdreckt, und bald schon am Ende aller Hoffnung. Doch dann, immerhin, wurde ich jeweils geborgen.

Zurzeit werde ich mal wieder kräftig hin- und hergeschaukelt: Ich befinde mich in einer großen Geldbörse, in einer Damenhandtasche. Das ist in Ordnung. So komme ich zwar nie zur

Ruhe, und es ist meist dunkel, doch ich bin wenigstens sicher hier und habe ausreichend Platz. Ab und zu, ja da sehe ich auch mal Licht und kleine Ausschnitte von der Welt.

Es könnte wirklich schlechter sein – aber seit der Zeit bei dem Sammler, die viele Jahre zurückliegt und nur wenige Wochen umfasst hat, habe ich einen Traum: Dass eines Tages sämtliche Münzen nur noch als Erinnerungsstücke zur Schau gestellt werden. Dass sie Licht haben und Ruhe, dass sie bewundert werden und gepflegt. Und dass ich eine von ihnen bin – und keinesfalls eine der endgültig verlorenen.

Die Flaschenpost

Der kräftige Nordseewind bläst Andreas heftig um die Ohren. Er steht an der Reling des Oberdecks der »Frisia« und schaut hinunter zu den Lastzügen und Pkw, beobachtet, wie sie den Rumpf des Schiffes über die stählerne Rampe verlassen und sich in den Strom der zu Fuß gehenden Passagiere mischen, die mit ihren Rollkoffern und Taschen ebenfalls Richtung Ausgang drängen, runter von Bord, aufs Festland.

Der dichte Touristenverkehr ist nichts Neues für Andreas: Seit über zwanzig Jahren verbringt er seinen Urlaub im hohen Norden, auf Norderney, der von brausenden Wellen umgebenen kleinen Insel. Er liebt die Nordsee; auch den Sturm, der vom Atlantik herkommend die schäumende Gischt ans Ufer treibt; und die Silhouette des Festlandes, die starr am Horizont liegt.

Gleich hinter den Dünen liegt sein Stammquartier, die Pension »Kleine Möwe«. Mit der Inhaberin, einer echten Ostfriesin, groß und schlank, fast hager, mit glatt zurückgekämmtem Haar und der immer frischen Farbe durch gesunde Nordseeluft im Gesicht, ist Andreas längst befreundet.

Und wenn er bei ihr den goldfarbenen Ostfriesentee, verfeinert mit Sahne und Kluntje, den sie ihm serviert, so überaus genießt, dann geht es nicht nur um den Tee, dann geht es darum, zu Hause zu sein, in seiner zweiten Heimat sozusagen.

Seine Ehe mit Sabine ist vor langer Zeit gescheitert. Seitdem lebt er ziemlich zurückgezogen; widmet sich nur seiner Arbeit als Computer-Fachmann, als leitender Systemexperte in einer großen Firma. Und steht eigentlich immer unter Druck.

Nur auf der Insel kann Andreas so richtig ausspannen und auch der ausgehungerten Seele die nötige Nahrung geben, nur hier kann er zur Ruhe kommen, die beanspruchten Nerven regenerieren. Tagsüber bei Streifzügen über die Insel, beim Blick auf das Meer, und abends gemütlich vorm Kamin sitzend, mit seiner Wirtin Anna, oder auch noch mit anderen Gästen bei angenehmem, nicht allzu wortreichem Plausch.

Am Morgen, wenn die anderen wenigen Hausgäste noch verschlafen am Frühstückstisch sitzen, macht Andreas sich, stets dick eingemummelt, auf den Weg. Er hat kein genaues Ziel, keine feste Route, er folgt lediglich dem Kreischen der Möwen, folgt ihm gedankenlos, bis er am Meer ist; irgendwo am Meer, das ja die ganze Insel umspült, und das im Wechsel der Gezeiten sich mal weit zurückzieht, sich mal dem Strand nähert und nähert, bis es direkt an ihn heranwogt und vor seinen Füßen dann am Ufer allerlei Getier und Muscheln zurücklässt.

Klar, Andreas weiß, warum dies so ist, wie Meer und Mond zusammenhängen. Und doch genießt er das Geheimnisvolle von Ebbe und Flut – das Faszinierende, wie sich das Meer verändert, wie es auftaucht und wieder verschwindet. Hier findet er Eintracht, Ruhe, Geborgenheit.

Auch an diesem Tag ist er dem Schrei der Möwen gefolgt. Das Meer rauscht gerade sacht bis an den Strand. An der Wasserlinie läuft Andreas nun entlang, mit hochgekrempelten Hosen. Schuhe und Strümpfe hat er ausgezogen, die Strümpfe in den Schuhen verstaut und jene zusammengebunden. Er hält sie an den Schnürsenkeln locker in der Hand, sie pendeln bei jedem Schritt hin und her. An seinen Füßen spürt er den feinen feuchten Sand, der sich durch seine Zehen drückt.

Andreas blickt auf die Wellen in Ufernähe, auf die weite Fläche des Meeres, die seinen Blick bis an den Horizont führt. Er bleibt stehen. Nach einer Weile spaziert er weiter.

Manchmal sammelt er zwischendurch eine Muschel auf, wenn ihm eine besonders schöne in den Blick gerät. Er betrachtet sie wie ein großes kleines Wunderwerk, und er wirft sie anschließend wieder ins Meer, wo sie hingehört. Am liebsten will er nie wieder weg von hier. Wie immer.

Doch er weiß auch, ebenfalls wie immer: Es ist nur ein Urlaub, und sein Alltag wird ihn wiederhaben, und das ohne die Tiefe seiner Gefühle.

Gerade hat Andreas wieder eine Muschel zurück ins Meer geworfen, da sieht er etwas auf dem Wellenkamm. Wird es bis zu ihm getragen werden? Nein, die Welle schafft das nicht ganz; und im Rücklauf zieht sie den Gegenstand, eine grüne Weinflasche, aus der vorwitzig ein Korken etwas heraussteht, wieder etwas mehr vom Strand hinfort. Wird es die nächste Welle schaffen? Nein, das gleiche Spiel.

Andreas macht ein paar Schritte ins Wasser, streckt seinen Arm weit aus, wartet kurz. Da, die nächste Welle spült ihm die Flasche quasi direkt in die Hand. Er muss nur noch zugreifen. Ein kleines Triumphgefühl durch fließt Andreas, als er die Flasche packt. Diese Flasche, die ihn so seltsam angezogen hat, auch wenn sie bloß Müll sein dürfte, Wohlstandsmüll einer Überflussgesellschaft, die ihn aber eben auf unbestimmte Weise an Bilder aus Kinderbüchern erinnert hatte: an eine Flaschenpost. Er freut sich, dass er sie nun hat – findet das Ganze aber auch albern. »Nun ja, man wird ja noch träumen dürfen im Urlaub«, denkt er sich, und dass ihn zum Glück auch niemand beobachtet hat. Immerhin hat er das Meer von etwas Unrat befreit. Er wird die Flasche mitnehmen und in den nächsten Mülleimer werfen.

Andreas geht ein ganzes Stück zurück hinter die Wasserlinie und setzt sich versonnen auf einen Stein. »Ich alter Spinner«, denkt er sich und betrachtet, mit einem leichten Kopfschütteln, die Flasche in seiner Hand. Sie sieht aus, als habe sie sehr lange schon im Meer getrieben: so viele Kratzer, ein paar Muscheln sogar, und die Algen, die sich an ihr verfangen haben. – Doch was sagt das schon? Die Flasche kann erst gestern im Meer gelandet sein und genau so aussehen! Andreas sieht sich die Flasche noch genauer an – da fällt ihm auf, dass hinter dem trüben, zerkratzten Grün ihrer Glaswand etwas zu sein scheint, ein Papier!

»Das kann nicht sein«, denkt er, sieht weg, hin zum Horizont, dann wieder auf seine Flasche. Doch, da schimmert wirklich etwas Weißes hindurch. Und es könnte, glaubt er, ein zusammengerolltes Papier sein.

»Das ist ja ein Ding«, murmelt er ungläubig. Und aufgeregt will er gleich den Korken ziehen. Doch der sitzt fest; Andreas ruckelt einmal kräftig, doch da bricht der Korken ab.

»Verfluchter Mist«, zischt Andreas. Dann aber hat er eine Idee. Er blickt sich um, vergewissert sich, dass er wirklich alleine ist, und schlägt die Flasche gegen den Stein, so dass sie zerbricht. Und tatsächlich: Ein zusammengerolltes Papier ragt ihm entgegen!

Vorsichtig zieht Andreas es heraus, und legt die aufgeschlagene Flasche auf den Sand. Was es wohl enthält? Und ob es überhaupt noch zu lesen sein wird? Er rollt das Papier auseinander. Ja, es ist wunderbar zu lesen! Obwohl es bereits zwanzig Jahre alt ist, wie das aufgeschriebene Datum verrät. Losgeschickt hat die Flaschenpost, in der Hoffnung, dass jemand sie findet und sich bei ihr meldet, wie der Text aussagt, eine Marlene, zwanzig Jahre alt und – wie er selbst – aus Berlin.

Moment, wenn sie damals zwanzig war, dann muss sie heute ... Ja, genau, Marlene ist in seinem Alter! Andreas ist richtig aufgeregt. Ob das ein Wink des Schicksals ist? Eigentlich hat er mit dem Thema Frauen ja abgeschlossen. Doch diese hier, diese Marlene – vielleicht ist das ja genau die, die zu ihm passt! »Ach Quatsch«, denkt er sich. Und: »Ich alter Kindskopf.« Doch das Blatt Papier steckt er trotzdem ein.

Er setzt sich noch ein Weilchen auf den Stein. Denkt an seine Ehescheidung zurück, eine furchtbare Angelegenheit, die ihn finanziell praktisch ruiniert hatte und die eine ziemliche Schlammschlacht gewesen war. Nie hätte er Sabine so ein Verhalten zugetraut! Naja, er hätte ihr ja auch nicht zugetraut, dass sie ihn betrügen würde, und dann auch noch mit Rudi, seinem besten Freund ... Und die Erfahrungen vor Sabine, die waren nun auch nicht die besten gewesen; wenn er an Erika oder an Lisa denkt ...

Nein, das mit den Frauen, das sollen andere machen, für ihn ist das wohl nichts! Und sein Job ist ja auch viel zu fordernd, Zeit für eine neue Beziehung bleibt da ja praktisch nicht. So hat er sich das schon oft gedacht, und so denkt er es sich auch jetzt wieder. Und doch fasst er heute, in diesem Gedankengang, an seine Jackentasche, dorthin, wo das Papier aus der Flaschenpost steckt. Und er zweifelt daran, dass er wirklich alleine bleiben soll.

»Nun, jetzt ist aber nicht die Zeit, weiter darüber nachzudenken«, beschließt er, »vielmehr ist es Zeit, etwas zu essen und zu trinken!« Und er macht sich auf den Weg zurück zur Pension.

Das Meer, es erscheint ihm aufgewühlter als gerade eben noch. Die Silbermöwen aber, vom Aufwind getragen, schweben wie immer unbeirrt im Gleitflug. Nur die kleinen, zerbrechlich wirkenden Vögel sind im Hui an ihm vorbei.

Nach einer guten Tasse Ostfriesentee mit seiner Wirtin Anna in der gemütlichen Stube ist ihm zumute. Und er freut sich, dass er bald mit ihr an dem kleinen Tischchen vorm Fenster sitzen und den goldfarbenen Tee mit Kluntje und Sahne genießen wird, dazu die köstlichen Friesenkekse, die sie immer selbst backt.

Als er die Tür öffnet und eintritt, wirft ihm Anna lächelnd schon einen erwartungsvollen

Blick zu. Sie hat bereits länger ein Auge auf ihn; auch wenn er das offenbar nicht so recht merkt. Und sie hofft im Stillen, dass sie irgendwann ein Paar werden und zusammen hier auf der Insel leben. Sie hat ihm sogar schon ein Job-Angebot in der Nähe vermittelt: Die Frisia-Reederei, zu der sie gute Kontakte hat, sucht genau so einen IT-Spezialisten wie ihn, kann die Stelle aber seit fast zwei Jahren nicht entsprechend besetzen, arbeitet hier nur mit Hilfs- und Übergangslösungen.

Andreas hat bis jetzt nicht zugesagt – jedoch auch noch nicht abgesagt. Er verschiebt diese Entscheidung immer auf später, will zuerst noch wichtige Projekte an seiner bestehenden Arbeitsstelle abschließen; und diesen folgen immer sofort neue Projekte.

Doch Anna hat noch nicht aufgegeben! Sie hofft schon die ganze Zeit, dass Andreas eben nur noch etwas braucht. Langsam aber, da muss es schon mal einen Schritt vorwärtsgehen, immer nur Tee trinken und Kekse essen …

Doch als sie heute beim gemeinsamen Tee sitzen, ist es nur inhaltsloses Geschwafel, das den Raum zwischen ihnen beiden erfüllt. Schließlich versiegt das Gespräch ganz. Anna versucht, diesen toten Punkt zu überbrücken; geht wortlos in die Küche und brüht erneut einen Tee auf, ist allerdings etwas länger damit beschäftigt als sonst.

An Andreas nagt unterdessen so ein unbestimmtes Gefühl von Schuld. Muss er nicht aufrichtig sein, ist Anna nicht seine Vertraute, seine einzige Vertraute vielleicht? Und wenn ihn da etwas so berührt wie der Flaschenfund, dann merkt sie doch, dass da etwas war, dass etwas passiert ist, da kann er sie doch nicht nur mit allgemeinem Geschwätz abspeisen.

Doch ist es nicht irgendwie unverschämt oder gar falsch, Anna von Marlene zu erzählen? Seine Magengegend fühlt sich nicht gut an. Und nur weiterer Tee, der wird kaum helfen können …

Als Anna mit einer neuen Kanne Tee zurückkommt, fällt Andreas endlich die Entscheidung: Er berichtet ihr von seinem großen Fund.

Und sofort ist die Stimmung besser zwischen ihnen. Nur als er anklingen lässt, dass Marlene ja vielleicht die ihm vom Schicksal zugedachte Partnerin ist, da schluchzt Anna plötzlich auf und stürmt davon, wieder in die Küche.

Andreas schluckt, schluckt schwer, ohrfeigt sich innerlich. Und eilt hinter ihr her, in ihren Bereich, den er, bei aller Vertrautheit, noch nie betreten hat. Sie wischt sich mit dem Ärmel über die feuchten Augen. Er steht hilflos vor ihr. »Es tut mir leid«, murmelt er dann. »Vergiss es. Das mit dem Schicksal, das war doch nur Quatsch, nur Märchen – und wer glaubt schon an die, in unserem Alter?«

»In unserem Alter?«, fragt Anna angriffslustig, doch schon auch wieder etwas neckisch.

»In meinem natürlich«, sagt Andreas, obwohl Anna wirklich kaum jünger ist, und geht einen Schritt auf sie zu.

»Ich«, murmelt Anna, »ich glaube schon an … naja, so was Ähnliches wie Schicksal, weißt du? Also, dass zwei Menschen füreinander bestimmt …« Und dann bricht es aus ihr hervor:

»Wieso eigentlich machst du immer bei mir Urlaub? Hat das denn gar nichts zu bedeuten? Ich dachte … hab gehofft …«

Wortlos, regungslos steht Andreas jetzt mitten im Raum. Er ist vollkommen überfordert. Erwartungsvoll sieht Anna ihn an. Nichts.

»Idiot«, zischt Anna, schiebt sich an ihm vorbei und rennt nahezu aus der Pension hinaus.

Wow, was für eine Szene! Aber hat er Anna insgeheim nicht schon lange mehr als nur menschlich toll gefunden? Diese Stimmung, diese Verbindung, diese Vertrautheit zwischen ihnen immer genossen? Ist er nicht im Grunde schon lange vor allem wegen ihr jeden Urlaub hier – und gar nicht wegen seiner Exfrau?

Ist die Flaschenpost vielleicht wirklich ein Wink des Schicksals, aber ganz anders als er zunächst gedacht hat? Ja, er kennt wohl keinen Menschen, der großartiger, der ihm näher ist als Anna, keinen Menschen, dem er mehr vertraut. Und sie ist verdammt attraktiv! Und dass sie ihm schon vor zwei Jahren das Jobangebot … Ach, er ist einfach wirklich ein Idiot!

Kurz entschlossen eilt er aus der Pension, um Anna zu suchen, um gleich mit ihr zu reden.

Als sie am Abend so daliegen, in ihrem Bett, die Arme fest umeinandergeschlungen, da weiß Andreas erstmals seit vielen, vielen Jahren: Alles ist gut. Und als Anna den Kopf etwas hebt, sehen sie sich in die Augen, ganz intensiv und ganz von alleine. Ein unglaublich süßes Lächeln erscheint auf Annas Gesicht, und sie sagt: »Ich kann es noch gar nicht glauben.«

»Ich auch nicht«, sagt Andreas, und drückt sie ganz fest – und beide strahlen. »Schicksal«, flüstert Andreas. Und Anna haucht: »Ja.«

Die Schiffsreise

Eine Schifffahrt nach Norwegen ist ein großes Erlebnis. Wie ich mich darauf freute! Die Koffer waren gepackt, die Wohnungsschlüssel der Nachbarin übergeben, die sich um Blumen, Post und so weiter kümmern wollte.

Ich war startklar für unsere gemeinsame Reise; überzeugt davon, dass alles durchdacht geregelt war. Paul war bereits die Treppe hinuntergegangen, stand im Flur. Flott-fröhlich griff ich den Mantel von der Garderobe, schleuderte den Schal um den Hals: Es konnte losgehen.

Nein! Ich blieb plötzlich stehen, hielt den Atem an, rollte mit den Augen! Wo war meine hauchdünne Goldkette mit dem Brillanten? Die Lieblingskette – ein Geschenk von Paul – war weg! Auf den bunten Ornamenten des Teppichs war nichts zu sehen. Auf den Knien, mit ausgestreckten Armen, tastete ich den Boden ab. Die Kette blieb verschwunden.

»Verdammter Mist!« Dies und dergleichen schimpfte ich vor mich hin. Suchte vergeblich noch weitere Minuten – und musste schließlich doch ohne sie reisen. Denn große Eile war nun geboten: Die Taxe stand bereits seit ein paar Minuten vor der Haustür, wartete auf uns. Und das nicht zufällig: Die Abfahrt des Zuges war schon bedrohlich nahe gerückt.

Endlich saßen wir auf der Rückbank. In viel zu langsamem Tempo ging es durch die verstopften Straßen zum Dortmunder Bahnhof. Die Zeit drängte immer mehr.

Am Bahnhof angekommen, sprangen wir förmlich aus dem Taxi, hurtig ging es weiter Richtung Zug. Paul zog den Rollkoffer mit der Bordtasche obenauf hinterher. Die beiden Umhängetaschen hatte ich über meine Schultern gehängt. Wir eilten durch den Bahnhof, stiefelten schnell die Treppenstufen hinauf zu Gleis 3. Ich, die Fahrkarten in der linken Hand, nervös darauf aufpassend, dass die winzigen Papierschnitzel nicht – wie diese Kette – verloren gingen. Auch da aufgrund der einlaufenden und abfahrenden Eisenbahnen böige Winde bliesen. Ich presste die Fahrkarten förmlich zusammen.

Da, unser Bahnsteig, unser Gleis, unser Zug – zum Glück noch mit offenen Türen!

»Abfahrt in vier Minuten, pünktlich um 11.30 Uhr, der Zug 3321 nach Hamburg«, schallte es aus den Mikrophonen der Lautsprecheranlage.

Wir rannten zu unserem Wagon, stiegen in den Zug. Kämpften uns mit unserem Gepäck, immer wieder an Sitzen und Türen hängenbleibend, durch bis zu unserem Abteil. In dem Moment fuhr der Zug auch schon an. In Abteil 25, am Fenster, verstauten wir unseren Koffer und unsere Tasche oberhalb der Sitzplätze, dann ließen wir uns auf unsere Plätze fallen. Erst jetzt stellte sich Erleichterung ein: Wir hatten es geschafft!

Wir lehnten uns entspannt zurück. Redeten etwas, und dann schauten wir durchs Fenster nach draußen. Die vorüberziehenden Landschaften nahmen wir in uns auf, das Rattern der Räder auf den Eisenbahnschienen in den Ohren. Wir kamen so richtig zur Ruhe.

Nach drei Stunden hieß es aussteigen. »Hamburg – Hauptbahnhof!«, dröhnte es aus dem Lautsprecher. Vollgepackt wie zwei Last-esel zwängten wir uns aus dem Zug.

Wir sahen nochmals (wie wir es auch während der Fahrt schon ein paar Mal getan hatten) auf die Uhr: pünktlich. Wir waren wieder voll im Zeitplan. Jetzt, wo es gar nicht mehr so zwingend nötig gewesen wäre … Egal, es bescherte uns beste Laune, und, bei aller Erschöpfung, verließen wir nun doch beschwingt den Bahnhof. Wir nahmen ein Taxi und fuhren in die City von Hamburg, zum Hotel »Crowne Plaza«. Zwischenstation mit kurzem Aufenthalt.

Am nächsten Tag ging es, ganz ruhig und plangemäß, mit der Lufthansa Richtung Bergen, einer Hafenstadt mit traditionellen Schiffslinien über die Nordsee.

Das Schiff »MS Nordkap« glitt mit uns durch das Fjordland mit den Lofoten, Hammerfest, Kirkenes, dem Nordkap. Norwegen, »Land der Mitternachtssonne«. Faszinierende Naturschauspiele, beeindruckende Fjorde, überwältigende Naturschönheiten. Abends schrieb ich stets den weiteren Reiseverlauf, alle Erlebnisse, die Eindrücke auch von Landgängen und Besichtigungen, in meinen schwarzen Buch-Kalender. Zuhause wollte ich die außergewöhnliche Seereise in einem Album darstellen; sie so, mit Fotos und Texten, der Familie, Freunden und Bekannten präsentieren.

Die Reise näherte sich schon dem Ende, sie war wie im Rausch vergangen. Station in Sandnessijon: Ein kurzer Rundgang am Vormittag war angesagt. Um 13.30 Uhr sollte dann die »MS Nordkap« wieder ablegen, uns mit Zwischenstationen wieder zurück Richtung Bergen bringen, wo am nächsten Tag der Abflug nach Hamburg vorgesehen war.

Paul und ich genossen den Landgang. Und unser Stadtbummel wurde durch Einkäufe wie von selbst ausgedehnt, die Zeit verflog, so dass wir den Zeitpunkt der Abfahrt komplett verpassten: Bedenkenlos und bester Laune kehrten wir irgendwann zum Anlegehafen zurück. Und bemerkten dort mit großem Schreck: Das Schiff war auf und davon!

In der Ferne sahen wir die »MS Nordkap« über die Nordsee schippern – ohne uns! Was jetzt? Angst stieg in mir auf.

Kein Geld in der Tasche, ohne Gepäck, an einem völlig fremden Ort, ohne die Sprache zu sprechen!

Trotzdem ist es uns schließlich gelungen, einem Busfahrer die schreckliche Situation zu erklären. Auch einige umstehende Leute verstanden offenbar unsere Lage. Sie schenkten uns das Geld für die Fahrt mit dem Bus.

Der Fahrer nahm sofort Telefonkontakt mit der »MS Nordkap« auf, schilderte die Situation – und brachte uns nach Ende seiner Tour zum nächsten Hafen. Bis 17.20 Uhr wollte die »MS Nordkap« dort mit der Weiterfahrt warten. In rund einer Stunde mussten wir dort sein. »Das sollten wir schaffen«, meinte der Fahrer.

Hoffentlich! Immerhin, er gab sein Bestes, in rasantem Fahrstil ging's auch über holprige Straßen, und schon recht waghalsig nahm er so manche Kurve. Allein, die Zeit eilte unaufhaltsam voran. Der vereinbarte Zeitpunkt rückte näher und näher, und länger konnte die

»MS Nordkap« nicht auf uns warten, das wussten wir. Was, wenn wir sie verpassten?

Wenige Minuten vor Auslaufen der »MS Nordkap« kamen wir an. Wir waren vollkommen erleichtert, bedankten uns überschwänglich bei unserem Fahrer und stürzten auf das Schiff zu.

Dieses betraten wir dann natürlich eher zögerlich und mit gesenkten Köpfen: Uns war es wirklich sehr peinlich, dass alle auf uns hatten warten müssen; was für ein Leichtsinn, die Abfahrtszeit so gar nicht im Blick zu haben!

Als wir die Kabine erreichten, war ich noch immer – oder mehr denn je? – aufgelöst. Ich wollte einfach nur Ruhe. Doch Paul, er dachte einzig an das offizielle Kapitäns-Dinner mit den Passagieren, den programmmäßigen Höhepunkt des Tages, und redete unablässig, davon. Er ging mir auf die Nerven.

Ich reagierte kaum, döste vor mich hin, bis er irgendwann aufgeregt rief: »Ida, bitte, jetzt mach mal, beeile dich, gleich beginnt das Abendessen!« Ich: ärgerlich, wütend. Und doch machte ich mich fertig. Der Tag war stressig genug gewesen, da wollte ich nicht auch noch Krach mit Paul.

Paul wählte einen Tisch nur für uns zwei – obwohl ich mich gerne mit anderen Gästen unterhalten wollte. Wenn schon Gemeinschaftsdinner, dann richtig. Selbst nach dieser Peinlichkeit. Sich halb zu verstecken, das ergab für mich keinen Sinn. Aber Paul setzte sich durch. Mit diesem Essen, das nicht von der besten Stimmung begleitet war, endete der Tag, und mit ihm die Reise; nicht der schönste Abschluss, aber wie man es sich vorstellt, läuft es ja selten. Und die Reise an sich, die war nun wirklich ein Erlebnis gewesen!

Pünktlich um 24.00 Uhr haben wir unser Gepäck an dem vorgesehenen Aufzug für den Abtransport zum Flughafen deponiert. Gewohnte Gründlichkeit, gewohnte Zweisamkeit, das Abenteuer Reise – praktisch vorbei. Von Hamburg fuhren wir mit dem ICE Richtung Dortmund, wo uns ein Freund in Empfang nahm und nach Hause chauffierte. Schon auf dem Weg dorthin musste ich wieder an meine Kette mit dem Brillanten denken, den »verlorenen Schatz«.

Kaum waren wir angekommen und die Koffer abgestellt, rutschte ich auch schon erneut auf dem bunten Teppich herum, tastete mit den Fingern über ihn und auch über das Dielenholz daneben. Ich schnappte mir sogar eine Taschenlampe und leuchtete in alle Ritzen.

»Ich muss den Brillanten wiederfinden«, flüsterte ich mir immer wieder zu.

Und da, auf einmal, da blitzte es an der äußersten Ecke, unter der Fußleiste, die dort etwas Spiel hat, hervor.
Der kleine Brillant an der hauchdünnen Kette war's. Was war ich erleichtert: Schon wieder Glück im Unglück! Ich sagte es Paul, und gemeinsam machten wir uns einen gemütlichen Abend bei einem guten Wein.

Blick auf den See

Mit unterschiedlichen Gefühlen und Gedanken stehe ich am Ufer und sehe vor mir den See, der sich von seiner dünnen Eisschicht im Winter inzwischen befreit hat. Jeden Tag empfinde ich hier anders.

Heute, an diesem frühlingshaften Morgen, erscheint mir, da ich nun ruhig dastehe und auf ihn blicke, der See als Zufluchtsort, als ein im besten Sinne vertrauter Ort unserer Begegnungen, ein Ort der schönsten Erinnerungen an die gemeinsam erlebten Augenblicke voller Hoffnung und Zuversicht. Niemals wollten wir auf diese Augenblicke verzichten. Und jetzt …

Innerlich aufgewühlt gehe ich ein Stück des Weges weiter um den See herum. An der letzten kleinen Weggabelung, da wo ein provisorischer Steg über den schmalen Ausläufer zum gegenüberliegenden Ufer, direkt an den Rand des Wassers führt, setze ich mich auf einen der Steine.

Über mir die sanft schwankenden Zweige und Ästchen, die sich herunterbeugen. Unter mir die kleinen Wellen, die sanft dahintreiben. Und beides, Zweige und Wellen, wirkt fast wie im zarten Spiel miteinander verbunden.

Genau wie auch damals; deshalb, unter anderem, haben wir diesen Ort ja auch immer so geliebt. Und als wir zusammen auf die Geräusche des Wassers lauschten, das zum Winterende hin mit den übrig gebliebenen klitzekleinen Eiskristallen an die Ufer plätscherte, da hörte sich das für uns an wie ein Musikstück. Wunderschön, großartig und traurig. Und das leise Rauschen der Wellenbewegungen ließ unsere Gedanken wunderbar melancholisch dahingleiten.

Das war großartig. Doch das Frühjahr mochten wir nicht weniger gern als den ausklingenden Winter, ja, im Grunde gefiel es uns sogar noch besser: Anfang Mai, wenn neue Blättchen und Blätter die Äste zierten und dazu der frische Duft des stillen Sees über der Landschaft lag, dann bekam der See einen noch tieferen, noch schöneren Zauber. Die hohen Kronen einiger Bäume spiegelten sich in der tiefgrünen

Oberfläche des Wassers. Andere Bäume warfen Schatten auf den Weg.

Die Luft war mild, und nur ein geräuschloser Windzug streifte an uns vorüber, trug unsere Gedanken ins Reich der wohligen Sehnsucht, unserer Sehnsucht nach einer heilen Welt, die nicht war, die wir uns aber immerhin ein Stück weit aus unseren Erinnerungen zusammensetzen konnten, und die Lücken füllten wir einfach mit Fantasie auf, mit Träumen.

Der See war unser Rückzugsort. Auch im Sommer und Herbst und tiefen Winter. Mit immer anderem Angesicht, doch stets passend für uns. Hier konnten wir ganz für uns sein, das Getümmel des Tages hinter uns lassen. Einfach hier zu sein, zusammen hier zu sein, das haben wir immer wieder neu genießen können.

Wir ließen unsere Seelen schwingen. Und irgendwann dann, wenn es einfach so weit war, gingen wir, eingehüllt von Sehnsüchten, ja, fast in sie hineingekuschelt, umgeben, doch nicht mehr bedrängt von offenen Fragen, bedächtig am Ufer des kleinen Sees entlang zurück zu unserem Auto, genossen dabei die herben Düfte der sprießenden Tannenspitzen und die etwas sanfteren Gerüche des frischen Wiesengrüns. Miteinander schweigend fuhren wir nach Hause. Erst dort nahm uns der Alltag wieder in Besitz.

»Gedanken vergeh'n – Worte verweh'n – Erinnerung bleibt ...« Das waren deine Worte, bis zuletzt. Immer wieder hast du sie gesagt; und in dem kleinen Gedichtband, den du für mich und wenige weitere Vertraute hast drucken lassen, sind sie auch enthalten.

Wohin mit diesen Worten, wo du doch nicht mehr bist? Sie gefallen mir nach wie vor:

Du bist Gegenwart – wie ich
Vergangenheit mit ihren Erinnerungen vereint
sich in uns
Zukunft – offen – liegt vor uns

Frühlingsgedanken

Es ist früher Morgen. Ich schaue aus dem Fenster: ein anderer Blick als sonst, an den vielen Tagen zuvor. Das weiße Kleid des Winters – das zunehmend dünner geworden war, aber stets alles bedeckte –, es ist verschwunden! Nur einzelne Fetzen von ihm sind noch zu sehen, und die werden sich auch bald aufgelöst haben. Die Tage des Winters, die Tage von Eis und Schnee und Dunkelheit sind in die Vergangenheit gerückt. Ein Hauch von Frühling erfüllt die Luft; Leben und Frische sind zu erahnen. Oder bilde ich mir das nur ein? Rieche ich den Frühling schon, weil meine Augen mir sagen, dass er kommt? Rieche ich eigentlich vergangenen Frühling, aus der Erinnerung heraus? Jahr für Jahr ein Neubeginn für Mensch und Natur.

Ich freue mich schon darauf, auf die Tage, wenn der Frühling so wirklich beginnt: Die schlummernden Blumen drängen mit Macht an die Oberfläche. Dort öffnen sie ihre zarten Kelche, färben die Welt.

Schneeglöckchen und Märzenbecher haben noch die Farbe des Winters, doch sie stehen im ersten Wiesengrün und so für Aufbruch und Frische. Leuchtend bunte Krokusse in Blau, Gelb und Lila erfreuen mich bald auch und machen gute Laune. Und das Landschaftsbild verwandelt sich mehr und mehr in einen farbenfrohen Teppich, ein buntes Gemälde.

Voll Vorfreude ziehe ich mich an und gehe aus dem Haus: Ich will den Frühling mit all seinen Farben gleich in mein Herz lassen! Obwohl der Wind mir noch winterkalt und schneidend entgegenbläst, fordere ich den Frühling ein: Ich gehe zum Blumengeschäft. Hornveilchen hole ich mir, die gelben, sie leuchten so schön. Eine ganze Lage nehme ich mit; kaum kann ich sie tragen.

Schwer ist die Last; und doch geht's mir so gut: Der Frühling liegt in meinen Armen.

Zu Hause pflanze ich sie gleich in die weißen Kästen, die ich nun wieder auf das lange Fensterbrett stelle. Ich betrachte mein Werk: Noch sind die Blümchen winzig, so zart – und ihre Pracht lassen sie doch schon ahnen!

Noch einmal gehe ich zum Blumenladen: Eine Blumenampel mit den Veilchen in Gelb und Blau muss noch her!

Jeden Morgen bewundere ich nun die herrliche Pracht an meinem Fenster, und auch die erwachende Welt vor ihm. Genieße es, wenn die ersten warmen Sonnenstrahlen des Jahres zu mir herein gelangen und mich streifen.

Und wie jedes Jahr werde ich nun, mit tausend Gründen und voller Hoffnung, mein Leben neu sortieren. Alles wird anders werden, nehme ich mir vor, frei von aller Last will ich sein, Abschied nehmen von vielen Zwängen. Nach vorne schauen will ich, mich von der Lebendigkeit um mich herum inspirieren lassen, mich auch mehr aus meinem Haus trauen, wie die Blumen aus der Erde, und neue Beziehungen zu anderen will ich aufbauen, mit ihnen zusammen das Leben meistern.

Lauras Seerosen und Lavendel

Ablenkung würde ihr guttun, dachte Laura; sie schnappte ihren Mantel von der Garderobe und machte sich auf zur Nationalgalerie. »Wie lange schon ist es her, dass ich zum letzten Mal in der Galerie gewesen bin?«, fragte sie sich. Sie überlegte. Ewig war das her, wirklich ewig. – Genau, mit ihrem Jugendfreund Felix, hatte sie die Galerie zum letzten Mal besucht. Das musste jetzt … ach, egal, wie viele Jahre genau es waren. Es waren Jahrzehnte …

Laura war in der Galerie angekommen, hatte die schwere Eisentür am Eingang hinter sich gelassen, nun steuerte sie zielbewusst an all den Frauen und Männern vorbei, die immer wieder auf ihrem Wege standen, zu den Bildern des großen Künstlers Claude Monet.

Die verschiedenen Bilder mit den Seerosen, in zarten Pastellfarben dargestellt, zweifellos einer Reihe angehörig, sich aber dennoch völlig voneinander unterscheidend, mochte Laura besonders gern. Schon wie lebendig die Seerosen waren, und wie sich der Himmel und die

Bäume und alles in der Oberfläche des Sees spiegelten! Wie gut es doch war, hierherzukommen. Schade, dass die Galerie nun für Monate geschlossen sein würde, wegen aufwändiger Umbauarbeiten. Nun, dann würde sie sich heute die Bilder eben besonders intensiv ansehen, auf Vorrat sozusagen …

Anton, der sich ebenfalls in der Nähe der Bilder von Monet aufhielt, beobachtete Laura. Mit welcher Hingabe sie die Bilder mit den Seerosen betrachtete! Nicht zuletzt deshalb verspürte er den Wunsch, Laura näher kennen zu lernen. Sein Blick verweilte auf ihrem fein geschnittenen Gesicht, das mit einem leichten Make-up die Blässe ihres hellen Teints ein klein wenig herunterspielte. Ihre Hände machten, soweit er es aus der Distanz erkennen konnte, zweifellos einen gepflegten Eindruck, sie waren lang und zart und die Fingernägel dezent lackiert. Ihre Kleidung war sommerlich leicht: eine weiße ärmellose Bluse, vielleicht ein wenig zu eng, ein blauer Rock, der bis knapp über ihre Knie ging, umschmeichelten ihre schlanke Figur. Sie trug Riemchenschuhe mit einem kleinen Absatz. Ihre Beine waren ebenmäßig und schön. In der Bewegung und im Verharren.

Laura betrachtete die Bilder ausgiebig, hielt sich vor jedem lange auf, bevor sie zum nächsten ging – oder auch noch einmal kurz zum vorigen zurück. Und als sie alle Bilder ausführlich angesehen hatte, begann sie von neuem. Sie versenkte sich in die Bilder, und sie versuchte die Maltechnik und ihre Kunstfertigkeit nachzuvollziehen, und manchmal sah sie auch etwas geistesabwesend durch sie hindurch oder im Raum umher.

Schließlich fiel ihr auf, dass sich die Blicke von ihr und Anton immer wieder trafen. Elegant gab sie jedoch vor, dies gar nicht zu bemerken. Als sie sich aber schließlich zum Gehen wandte, war Antons Blick so eindringlich, viel eindringlicher als zuvor – und sie hatte plötzlich das nicht zu unterdrückende Gefühl, dieser fremde Mann könne etwas ganz Besonderes sein. So etwas wie – ja, eine große Liebe.

Es erschütterte sie. Erschütterte sie ganz so wie damals, als sie Felix das erste Mal begegnet war … Laura schämte sich ihres Gefühls und war verwirrt von ihm, stolperte deshalb leicht beim Gehen und blieb kurz stehen.

Anton nutzte die Gelegenheit, trat auf sie zu und fragte, ob alles in Ordnung sei, und dann, nachdem sie genickt hatte, ergänzte er seine Frage: Ob er sie auf einen Kaffee einladen dürfe?

Erschrocken sagte Laura abermals ja. Den Blick nun zu Boden gelenkt, korrigierte sie sich dann aber rasch: Es gehe leider nicht, sie sei noch verabredet mit ihrer Mutter, und die könne sie ja schlecht warten lassen, da müsse sie jetzt zur U-Bahn …

Sie atmete tief durch und schaute wieder in Antons Gesicht. Anton lächelte. Aber war es mehr als nur ein höfliches Lächeln? Was dachte er wohl? Was? Ein bedrückendes Schweigen entstand. Doch bevor es zu schlimm wurde, bot Anton ihr an, sie wenigstens noch nach draußen und bis zur U-Bahn zu begleiten. Er wollte sich nicht einfach damit abfinden, dass

Laura die Einladung abgelehnt hatte. Und im Gehen, da würde sich schon ein Gespräch führen lassen.

Die Seerosenbilder, das war das naheliegende Thema. Kaum, dass sie sich in Bewegung gesetzt hatten, sprach er es an, und Laura schwärmte auch bald wortreich von ihnen. Anton stellte kluge Fragen. Und die kurzen Blicke, die sie austauschten, während sie nebeneinander her zur U-Bahn-Station gingen, die verliehen der Situation diesen ganz besonderen Zauber, oder zumindest drückten sie ihn aus und verstärkten ihn.

Als sie an der Station anlangten, fragte Anton, anstatt sich zu verabschieden, ob er sie nicht doch noch zu einem Kaffee einladen dürfe, er kenne da ein wunderbares kleines Café ganz in der Nähe, mit einem Seerosenteich hinter der hauseigenen Terrasse.

Zu seiner großen Freude sagte Laura nun doch nicht mehr nein. Sie telefonierte kurz mit ihrer Mutter, sagte dieser, dass es etwas später werden würde, und begleitete Anton dann zu dem ausgewählten Café.

Auf der Café-Terrasse reagierte Laura genauso, wie sich Anton es gewünscht hatte: Sie war begeistert, und immer wieder neu brachte sie das zum Ausdruck. Ob das nur an den Seerosen lag oder nicht ein kleines bisschen auch an ihm? Bestimmt auch Letzteres, beschloss Anton, und er war hingerissen. »Herrlich, herrlich – wie die Seerosen von Monet!«, bekräftigte Laura nun noch einmal. Und wie sie dabei strahlte, ihn direkt anstrahlte!

Inzwischen sind Anton und Laura seit drei Jahren ein Paar. Klar, die erste Verliebtheit verschwand bald, doch sie machte einer tieferen Verbundenheit Platz. Und nicht immer war es ganz leicht, die je eigenen Vorleben, Probleme und Gewohnheiten so zusammenzubringen und zu akzeptieren, dass ein gemeinsames Leben sich daraus formte. Doch ihre tiefe Liebe zueinander und ihre Art, sich gegenseitig zu nehmen wie sie waren und sind, sorgten schnell für ein starkes Fundament.

Und so waren auch Lauras anfängliche heimliche kleine Zweifel an der Beziehung bald vergessen; für sie etwas ganz Ungewohntes, denn sonst hatte sie in Beziehungen nie aufgehört zu zweifeln, an ihren Gefühlen, an der Partnerschaft an sich.

Sie hatte, ganz im Gegenteil, immer mehr und mehr gezweifelt, bis aus kleinen Bedenken unmöglich hinnehmbare geworden waren – und spätestens dadurch die jeweilige Beziehung zu einem, vielleicht manchmal viel zu frühen, Ende kam.

Nach nur wenigen Monaten zogen sie zusammen. Laura fühlte sich gleich wohl in Antons Haus, auch weil er ihr sofort das Gefühl vermittelte, dass es auch ihr Zuhause war. Der Alltag verlief die ersten Jahre harmonisch, schließlich haben die beiden sehr vergleichbare Interessen, und auch im Temperament ähneln sie sich – zumindest schien es damals so.

Worin sie sich allerdings von Beginn an ganz klar unterscheiden, das sind ihre Lesegewohnheiten. Anton bevorzugt spannende Kriminalgeschichten und Thriller. Aber es geht ihm nicht um die Morde und Toten, sondern darum, dass das Herumrätseln an ungelösten

Fällen, die Aufklärung eines Verbrechens ihm große Freude macht und dass er sich gerne in die Fantasie-Welt der Spionage- und Verrats-Attacken hineinversetzt.

Laura dagegen widmet sich leidenschaftlich Texten, die aus dem alltäglichen Leben entstehen und doch über es hinaus verweisen. Beispielsweise verschlingt sie geradezu solche, die von Liebe und ihrer Philosophie handeln. So romantisch, fremdartig und überwältigend wird dort das größte aller Gefühle beschrieben!

Manchmal muss sie bei der Lektüre dann unwillkürlich an die Zeit mit Felix denken, ihrem Jugendfreund. Wie er wohl all die Jahre gelebt haben mag? Ob er eine Familie hat? Oder ob er vielleicht alleine lebt? Und ob auch er an die glückliche Zeit mit ihr denkt?

Unnütze Gedanken. Sie ist ja schließlich vergeben. Und er wird es wohl auch sein …

Aber trotzdem kommen sie immer wieder einmal auf. Beim Lesen, aber auch manchmal, wenn sie sich der Malerei oder der Musik widmet.

Sie versucht dann zwar immer, die Gedanken an Felix nach kurzer Zeit beiseite zu schieben, und meist gelingt ihr das auch. Aber immer wieder erfasst sie das Gefühl, dass sie etwas verpasst, bei allem Glück, das ihr das Leben bietet, dem guten Job, der großartigen Inspiration in den Galerien, auf den Bühnen, zwischen den Buchdeckeln, ihrer sicherlich guten Beziehung.

Und dennoch: Auch wenn ihre Liebe zu Anton groß ist, und wenn auch die Verliebtheit mit diesem berühmten Prickeln einhergegangen war (nicht sehr stark, doch immerhin!), nun ist genau dieses Prickeln schon lange weg. Wahrscheinlich auch unwiederbringlich.

Nun kann sie es nur noch in der Kunst erahnen oder in der Erinnerung – und dort spürt sie es am meisten bei Felix. Nicht so groß wie in der Literatur beschrieben, aber das mag auch mit ihrem damaligen Alter zusammenhängen, ihrer Oberflächlichkeit von damals. Und vielleicht wäre sie zu so einer Empfindung auch gar nicht in der Lage. Aber hatte sie nicht ein Anrecht auf das Intensivste, das für sie erreichbar war? Nun, mit Anton würde sie das bestimmt nie erreichen. Das weiß sie, und zwar lange schon.

Sie sollte Anton verlassen. Ihr Leben ändern. Aber ist sie dazu in der Lage? Und wird Felix auf sie warten?

Fest steht: Nach außen hin führt sie mit Anton ein geordnetes Leben. Sie könnten sogar als Vorzeigepaar durchgehen. Doch es ist nicht nur das Prickeln verloren gegangen. Es macht sich zudem immer mehr Beklemmung breit, eine unangenehme Atmosphäre. Sie leben nebeneinander her, und sie leben sogar im Grunde ein Stück weit gegeneinander: Antons Verhalten lässt deutlich erkennen, dass er Lauras Nähe nicht braucht. Er, der so viel arbeitet und deshalb ohnehin kaum zuhause ist, vergnügt sich gerne ohne sie, ist ganz fixiert auf die Abende mit Freunden – oder mit einer anderen Frau vielleicht?

Und die Reisen mit ihr, die Laura sich immer so wünscht, schiebt er seit Jahren so weit wie möglich hinaus, immer in der offenkundigen Hoffnung, sie ganz zu vermeiden. Ins Theater oder zu Ausstellungen kommt er auch schon lange nicht mehr mit; obwohl er durchaus noch an Kunst interessiert ist. Er geht nur lieber mit Freunden oder Geschäftspartnern aus.

Andersherum muss Laura sich eingestehen, dass sie sich eigentlich am wohlsten fühlt, wenn Anton nicht da ist. Klar, sie hätte ihren Mann gern mehr um sich, zuhause und unterwegs, aber nicht so, wie er jetzt oft ist, sondern so, wie er einmal war – oder besser noch, so wie Felix war, wie sie sich ihn heute vorstellt …

Ein Albtraum dagegen, wenn Anton erst nach Mitternacht nach Hause kommt, benebelt vom Alkohol, wie es in jüngster Zeit gehäuft auftritt. Meist ist er dann überschwänglich und ironisch, gerne ihr gegenüber herabsetzend (und das mit der Zeit immer mehr), und zuletzt war er sogar ein paar Mal zornig. Laura versuchte dann, ihn möglichst zu ignorieren, möglichst nicht auf ihn zu reagieren – und wurde dafür nur verächtlich als trotzköpfiges Kind bezeichnet. Zwei Mal sogar hatte er sie richtig übel beschimpft.

Zwar hatte sich Anton dafür im Nachhinein entschuldigt, wie er es auch sonst stets getan hatte, wenn er sich schlicht danebenbenommen hatte, und er hatte geschworen, es komme nicht mehr vor. Doch daran gehalten hatte er sich nicht.

Nur einmal war es tatsächlich für ein paar Wochen wieder in die richtige Richtung gegangen, ihre Ehe war besser geworden anstatt schlechter: Als sie sich ohne nähere Erklärung für einige Zeit zurückgezogen hatte, zu ihrer Mutter gefahren war.

Fast vier Wochen waren das gewesen, um die Osterzeit herum. Danach hatte Anton sie wieder besser behandelt, mehr Interesse an ihr gezeigt, war wieder etwas auf sie zugegangen. Doch glücklich ... nein, das war sie selbst dann nicht gewesen.

Ja, es war viel schief gelaufen zwischen Anton und ihr. Aber gewiss war auch nicht alles Antons Schuld. Sie würde wohl auch ihren Teil dazu beigetragen haben ... Schon ihre nach wie vor ausgeprägte Sprunghaftigkeit, mit der kann sie wirklich anderen auf die Nerven gehen, das wusste sie. Und manchmal nervt sie damit ja sogar sich selbst. Kein Wunder, dass Anton sich über sie aufregt! Und es stimmt ja auch, dass sie oft kleinlich und humorlos ist, dass sie über irgendwie lustige, aber einfach zu banale Dinge schlecht lachen kann. Und es stimmt ja auch, dass dies alles immer mehr zunimmt ...

Und haben sie nicht trotz alledem auch immer noch ihre guten Momente? Wenn er sie zum Beispiel plötzlich in den Arm nimmt, einfach so, und ihr liebe Worte ins Ohr flüsterte? Auch das gibt es noch! Wenn auch selten. Sehr selten inzwischen.

Aber trotzdem, selbstverständlich ist das nicht und ganz sicher ein gutes Zeichen ... Und ist Anton denn wirklich so schlecht als Ehemann?

Geht es bei ihnen nicht schlicht um die ganz normalen Szenen einer Ehe, einer echten Ehe, die nicht auf bedruckten Seiten, auf der Leinwand oder einer Theaterbühne stattfindet, sondern im wirklichen Leben? Und könnte sie letztendlich einfach auf Anton verzichten?

Nein, trotz allem, Anton vielleicht niemals wiederzusehen, allein den Gedanken daran kann sie letztlich doch nicht ertragen ...

Noch ist die Luft recht lau, aber allmählich verabschieden sich die Sommerabende und die Tage werden zunehmend kürzer. Noch vor Herbstbeginn soll Anton an einem Kongress teilnehmen. Dazu muss er für einige Tage nach Hamburg reisen.

Am Abend vor seiner Abreise kommt er früher nach Hause als sonst, er will Laura überraschen – und sicher auch die Reisevorbereitungen schnell hinter sich bringen. Flott packt er seinen Koffer, stellt ihn im Eingangsbereich ab. Den Rest des Abends will er mit Laura auf der Terrasse im Schatten der großen Bäume, in einem geschützten Winkel verbringen – an ihrem Lieblingsplatz zu zweit, immer noch, auch wenn sie ihn kaum noch nutzen.

Als Anton sie ruft, mit einer Flasche Wein in der einen und zwei Gläsern in der anderen

Hand und sie sanft und offen lächelnd nach draußen führt, wundert Laura sich. Wieso auf einmal wieder dieses schon so lange nicht mehr gesehene Gesicht ihres Mannes?

Andererseits: Kommt es nicht stets überraschend? So stutzt sie zwar, freut sich aber dennoch über seine Nähe. Und sie sagt nichts – in der wie so oft schon aufkeimenden Hoffnung, die Narben ihrer Probleme könnten bald nur noch kleine Erinnerungsstücke an vergangene Zeiten sein, Anton würde sich wandeln, ihre Ehe würde besser, ja richtig gut.

Und Anton fühlt ähnlich. Bei allem Schmerz und aller Trauer, all der Entfremdung der Vergangenheit: Das warme Gefühl füreinander ist noch nicht erloschen – auch wenn es schon ewig nicht mehr zu spüren ist.

Bei gutem Rotwein und bester Plauderei genießen Anton und Laura das harmonische Zusammensein in der Dämmerung bis tief in die Nacht, erst gegenübersitzend, dann aneinander gekuschelt. Diskussionen und Konflikte gibt es nicht. Und wenn sie zwischendurch einmal schweigen, hören sie auf das Zirpen der

Grillen, und sie amüsieren sich über das sinnlose Bellen der Hunde gegen die Dunkelheit, wie sie es so oft schon getan haben, dass sie hier gar nichts mehr dazu sagen brauchen.

Am Morgen, nach dem gemeinsamen Frühstück, will Anton – wie passt das eigentlich zusammen? – gleich mit Freuden und Erleichterung, sozusagen wie ein freigelassener Vogel, nach Hamburg reisen. Dass er im Grunde flieht, obwohl doch gerade alles in Ordnung ist, überspielt er aber immerhin, so gut er kann, aus Rücksicht wahrscheinlich und wohl auch aus Scham. Laura spielt ihrerseits ihre Rolle gut, verheimlicht, dass auch sie es erleichtert, dass er nun geht (denn so findet die schöne Szene, die am Vorabend begonnen hat, immerhin sicher einen runden Abschluss, wird nicht zerstört).

Und als das Taxi vor dem Haus hält, er also losmuss, begleitet sie ihn bis zur Tür, wo sie sich mit einem Kuss verabschiedet. Danach, den Mund noch leicht wie zum Kuss geöffnet, flüsterte Laura ihm zu: »Ich liebe dich, ich will immer ganz dicht bei dir sein!« Und in dem Moment ist sie plötzlich tieftraurig, dass er nun geht. Ihre Traurigkeit allerdings will sie ihm nicht offen zeigen. »Reiß dich zusammen«, befiehlt ihr Innerstes, und sie lächelt und wünscht ihm Erfolg und auch Spaß.

Anton lächelt, haucht ihr noch einen Kuss auf die Stirn, drückt sie kurz, dann eilt er zum Taxi.

Kaum dass Anton das Haus verlassen hat und die kühle Morgenluft ins Zimmer strömt – eine Mischung aus Schmerz und Frische –, denkt Laura, dass sie nun wieder alleine ist. Und dass alles von gestern Abend bis eben ja doch nur ein Traum war, der nie in Erfüllung gehen wird. Sie seufzt. Und möchte fast weinen. Das macht ihr Angst. Solche Stimmungsschwankungen, sie sind ja wirklich nicht zum Aushalten!

Am besten lenkt sie sich gleich ab von ihren trüben Gedanken. Sie geht zum Bücherregal. Einfach vor ihm zu stehen und die Buchrücken zu betrachten, das beruhigt sie zuverlässig. Es ist ihre Art der Meditation. Sie steht eine Weile, und schließlich zieht sie ein Buch heraus, wiegt es in der Hand: ein Wälzer von Donna Leon.

Von ihm hatte Anton am gestrigen Abend ausführlich geschwärmt. Erst kürzlich hatte er es gelesen, obwohl es schon seit Jahren in seinem Regal gestanden hatte. Sie überfliegt den Klappentext. Kein Buch für sie, ist sie sich sicher. Trotzdem blättert sie in dem Buch herum. Ein paar Stellen hat Anton sogar markiert. Sie liest einige von ihnen, doch sie sagen ihr wenig. Was ist an ihnen nur so besonders faszinierend?

Sie stellt den Klotz zurück ins Regal. Geht in die Küche, sich einen Tee machen. Während sie ihren Ostfriesentee bereitet, denkt sie zurück: Sie hat doch selbst einmal Stellen in Büchern markiert; schon lange tut sie das nicht mehr. Aber: So war sie mal.

Wie sehr hat sie sich selbst verändert? Würden die damals selbst markierten Buchstellen heute noch zu ihr sprechen? Oder wären sie ihr ebenso fern wie jene, die ein anderer markiert, der mit ihr zwar mal viel gemeinsam zu haben

96

schien, sich aber letztlich doch als weit entfernter Mensch herausstellte?

Als ihr Ostfriesentee fertig ist und sie ein paar Schlucke geschlürft hat – wie das gleich die Laune hebt! –, geht sie, die Tasse in der Hand, zum Bücherregal zurück. Diesmal zieht es sie hin zu den unteren Borden auf der anderen Seite des Regals, irgendwo da in der Ecke muss noch ganz alte Lektüre, die …

Mit einem Male hält Laura inne; ihr Herz klopft, so dass sie es beinahe hören kann. Ja, das ist es, hier sind ganz sicher noch Markierungen und sogar Kommentare drin! Sie nimmt einen tiefen Atemzug, stellt die Tasse ab, greift nach dem Buch, zieht es aus dem Regal. Sie umklammert das Buch mit den blauen Blüten auf dem Titelbild. Ihre Hände zittern, und ihre Gedanken schweifen ab.

»Reiß dich zusammen«, zischt sie sich selber zu. Dann geht Laura ein paar Schritte durch den Raum zum Fenster hin. Hier blättert sie, erst zögerlich, dann recht wirsch, die Seiten um. Wo sind nur die markierten Stellen, wo ihre handgekritzelten Bemerkungen am Rand?

Ha, da, da ist etwas! Triumphierend ruckt Laura das Buch ein Stück in die Höhe. Etwas Getrocknetes fällt ihr vor die Füße. Sie beugt sich herab, um es aufzuheben.

Doch dann stockt sie, und die Welt um sie herum steht still ...

Niemals hätte sie gedacht, dass eine kleine spröde Pflanze mit eigentlich kärglichem Duft (der zudem ja längst verflogen war) sie so berühren würde. Aber dieser getrocknete Lavendelzweig, er genügt vollkommen, um sie hinzureißen in die Vergangenheit, sie eintauchen zu lassen in ihre Zeit mit Felix, all die Ereignisse und Gemeinsamkeiten mit Felix über sie hereinbrechen zu lassen, viel gewaltiger und in viel größerer Menge als jemals zuvor.

Sonst schwelgt sie zuweilen in ein paar ausgesuchten Erinnerungen, und sie stellt Fragen danach, was er jetzt wohl macht und ob sie wohl noch gemeinsam denkbar sind. Wehmütig ist das und schön, doch auch verkopft und auf unbestimmte Weise distanziert. Nun aber ist sie mit einem Male wieder in der Vergangenheit, spürt sie, wird von ihr umschlossen, und längst Vergessenes ist wieder voll da, in ungeahnter Lebendigkeit.

Felix hatte diesen Zweig auf den blauen Lavendelfeldern in der Provence als schönsten für sie ausgewählt, und er hatte ihn ihr mit malerischen Worten über ihre niemals enden wollende Liebe in ihr lockiges Haar gesteckt. Hach, wie glücklich waren sie damals in Frankreich, in der Provence gewesen!

Mit zitternder Hand nahm Laura den getrockneten Zweig auf. Ihre Handflächen sind feucht geworden. Und sie ist Felix so nah – ja, so nah, wie seit damals nicht mehr. Wirklich überwältigend, was da an Erinnerungen und Gefühlen … nein, das Band zu Felix, das war nie zerrissen. Sie hat es immer gewusst. Aber jetzt spürt sie es bis ins Innerste hinein, ist ganz durchdrungen davon … und ihr ist klar: Immer würde sie mit Felix verbunden bleiben, inniglich verbunden bleiben.

Jetzt wünscht sie sich krampfhaft, geradezu verzweifelt eine Veränderung ihres Lebens, will und will ihr Heute gegen ihr Gestern eintauschen.

Und ruft sich dann selbst wieder zur Ordnung. »Immerhin hab ich doch über viele Jahre hinweg ein sinnvolles, inhaltsreiches, ordentliches Leben geführt, mit Anton«, denkt sie.

Und dass sie besser das würdigen sollte, was sie jetzt hat, dass sie es nicht zerstören sollte (und erst recht nicht für irgendein Traumbild; schon ein Blick in den Spiegel reicht ja aus, um klar zu zeigen, dass die Vergangenheit eben vorbei ist!), es stattdessen behalten und möglichst verbessern sollte. Sie schaut aus dem Fenster, bis nach einer Weile die Welt wieder lebendig wird für sie und ihre Stimmung halbwegs stabil.

Und dann, plötzlich, überkommt sie ein ganz anderes Gefühl, ebenfalls so heftig, dass es sie erschreckt: Nun wünscht sie sich, und das bis tief in ihr Inneres hinein, Anton bald, möglichst gleich wieder bei sich zu haben. Dann, so weiß sie nun, wird alles besser!

Und dieses Gefühl, es bleibt, die nächsten Stunden, die nächsten Tage. Klar, schwächer wird es, aber es bleibt, und seine Rückkehr erwartet sie mit Sehnsucht. Hoffnungs-, Glücks-

und Schuldgefühle übermannen sie mehrmals, sorgen mehrfach für Tränen in der kurzen Zeitspanne von Antons Abwesenheit.

Das wunderbare Zuhause, der gleiche Takt, in dem sie und Anton doch eigentlich leben, wie viel ist ihr das doch letztlich wert! Und natürlich gibt es da auch die Abgründe des Alltags und die Katastrophen, doch ist das nicht in jeder Beziehung so? Das Wichtige ist doch das andere, das, was funktioniert! Und dass Anton immer da ist, seit Jahren immer da ist – anders als Felix. Und mag er auch immer wieder mal auf der Flucht sein, er weiß doch, wo sein Zuhause ist: bei ihr.

Ein Sommerblumenstrauß

Schaut mich an, ich bin der Mohn, die leuchtend rote Blume, mit den hauchdünnen Blütenblättern und den zarten Staubfäden, weiß, gelb oder grün.

Hier steh' ich nun, umgeben von meinen Nachbarn – den Nelken, den Malven, dem Rittersporn und wie sie alle heißen – noch dazu mit den schönsten Gräsern und Zweigen umschmückt in einer kleinen Vase auf dem Küchentisch.

Meine Farbe leuchtet, sie ist strahlend wie der Sonnenschein, und mein Duft wie ein Parfum.

Freunde und Bekannte staunen. Sie bewundern mich Tag für Tag. Sie sind stolz auf mich und freuen sich an meiner Herrlichkeit.

Doch was ist mit mir? Glücklich bin ich nicht. Ich bin traurig, und ich leide!

Einfach abgeschnitten hat man mich, von einer wunderbaren Wiese weggestohlen, gezwungen in dieses bunte Durcheinander, in dem wir eng zusammengequetscht stehen müssen, umschlossen von einer kleinen Vase, diesem künstlichen Ding, hier auf diesem Tisch.

Von der Wurzel bis zur Blüte ist mein Leben durchtrennt!

Möglichst lange weiterleben soll ich jetzt, hier in dieser Zwangslage, dieser gedrängten Gefangenschaft. Soll leuchtend strahlen und gefallen.

Doch unglücklich ist meine Lage; und wie kurz ist dieses »möglichst lange«!

Meine Schönheit schwindet mehr und mehr. Blüten und Blätter werden schon langsam kraftlos, beginnen sich zusammenzuziehen, und schlaff hängen sie schon bald herunter …

Ich bin müde vom Gedränge, vom modrig trüben Wasser, vom Gefangensein in der Vase, dem Fortsein von Wind und Sonne.

Vorbei ist's bald mit meiner Pracht, und keiner schaut mich dann mehr an.

Und ich werde tot sein, bevor ich endgültig gestorben bin.

Nein, geschnitten zu werden, am Rand meiner Wiese, zwischen den blauen Kornblumen und den weißen Margeriten vor dem wogenden Korn – von ihnen und den Bienen, Fliegen und Insekten fortgebracht zu werden auf einen öden Küchentisch, das war nicht mein Wunsch, das war mein Tod!

Die Einweihungsfeier

Sie wolle ihre Blumen selber kaufen, sagte Alice kurz und knapp zur Begrüßung von Mary und Tom am Abend, als ihr und Jeffs Einzug in das neue Haus gefeiert werden sollte. Den Blumenstrauß, den Mary ihr entgegenhielt, ergriff sie trotzdem, wenn auch ziemlich ruppig.

Jeff lächelte die frisch erschienenen Gäste versöhnlich an und versuchte, mit einem überspitzt und humorig vorgebrachten »Frauen, *diese* Frauen – immer dasselbe!«, begleitet von einem charmanten Zwinkern, die peinliche Situation aufzulösen. Dann machte er eine einladende Handbewegung in den mit etwa zwanzig Personen gefüllten Raum hinein und sagte: »Mischt euch einfach unters Volk, genießt den Abend, und schlagt beim Buffet ordentlich zu!«

Alice murmelte etwas von »Gefasel« und verfrachtete Marys Blumen derweil – natürlich mit zur Schau gestelltem Widerwillen – in eine Vase, die sie dann in einer ungünstigen und abseitigen Ecke des Wohnzimmers aufstellte.

Sie räusperte sich leise, zwang sich nun, wieder ein freundliches Gesicht aufzusetzen – schließlich sollte das Ganze eine schöne große Einweihungsfeier werden –, und wandte sich ihr deutlich angenehmeren Gästen zu. Mit ichnen plauderte sie herzlich und nur leicht übertrieben gelöst, dann schwirrte sie zum nächsten Grüppchen und so weiter. Sie gab sich ganz allgemein ihrer Rolle als gute Gastgeberin hin. Die Party nahm weiter ihren Lauf, entwickelte sich bestens, alle würden sie als rauschendes Fest in Erinnerung behalten, da war sich Alice bald sicher. Fröhliche Gesichter, pausenloses Geschnatter und Gelächter füllten den Raum; die Stimmung war hervorragend. Und sogar Mary, Tom und auch ihr Mann Jeff schienen wirklich gut aufgelegt zu sein; ihre frostige Begrüßung schien praktisch vergessen. Gut so! Schließlich ging es um den Abend.

Irgendwann, mitten im stimmungsvollen Durcheinander, bat Jeff lautstark und wiederholt um Ruhe.

Als das Geschwätz endlich verstummt war, bedankte er sich bei den Gästen für ihr Erscheinen, erhob das Glas auf seine Frau Alice und das neue Haus und forderte alle Gäste zum Tanzen auf. Eine kleine Band nahm nun Aufstellung am Rande des Wohnzimmers, die Gäste machten die Mitte des Zimmers frei, Jeff betrat sie, streckte lächelnd seine Hand aus – und stand alleine und ziemlich belämmert da.

Eigentlich hätte Alice nun zu ihm kommen müssen. Doch das tat sie nicht. Suchend sah Jeff sich um; er konnte sie nirgendwo entdecken. Auch einige Gäste blickten nun suchend umher, offenbar ebenfalls erfolglos. Sonderbar!

Die Band begann einen Tango-Rhythmus zu spielen. Jeff bat per Handzeichen schließlich Mary, die jetzt anscheinend schon darauf gewartet und nervös an ihrer Perlenkette gespielt hatte, um den ersten Tanz. Als elegantes Paar, eng aneinandergeschmiegt, schwebten sie bald über das Parkett, tanzten auch dann noch weiter, als weitere Paare sich hinzugesellten, als das Lied wechselte, als das übernächste Lied begann.

Alice war immer noch nicht in Sicht. Tom betrachtete das tanzende Getümmel mit Abstand. Tanzen war nicht sein Ding. Schließlich beschloss er, sich noch ein paar leckere Sachen vom Buffet zu holen und dazu ein gut gekühltes Bier.

Erst als in der Tanzpause seine Frau Mary und Jeff die ganze Zeit angeregt miteinander redeten und, als die Musik erneut anfing, abermals miteinander tanzten – langsam und geschmeidig im Walzerschritt nun – wurde er etwas skeptisch. Und neidisch.

›Eigentlich ein schönes Paar‹, dachte Tom. Und dieser Gedanke gefiel ihm gar nicht, allgemein und dazu im Besonderen, weil seiner Erinnerung nach gerade die gleiche Melodie ertönte wie damals, damals bei einer Gondelfahrt in Venedig, einem jener magischen Momente, in denen er Mary näher kennen lernte. Der Gondoliere hatte da diese Melodie gespielt: »Ich tanze mit dir in den Himmel hinein«.

Tom ging nunmehr seinen Erinnerungen nach, wichtige Stationen in der Beziehung zu Mary ab.

Auch jene, als sie sich fast getrennt hätten, jene also, die er und Mary als Sünden den Spuren der Vergangenheit zugewiesen hatten, um wieder eine gemeinsame Zukunft planen zu können; eine Zukunft, die gerade erst anbrach. Nie wieder wollten sie über das, was gewesen war, reden. Bereinigt, verziehen und vergessen, hatten sie einander geschworen. Und Tom ahnte nicht, dass sie gar nicht über alles geredet hatten, dass er einiges gar nicht wusste, etwa dass Mary und Jeff ein Mal ...

Aber als Tom die Melodie wieder hörte und seine Mary sah, mit Jeff, da machte das schon etwas mit ihm. Und endlich fragte er sich auch, wo Alice eigentlich die ganze Zeit blieb. Um die Kleidung zu richten oder das Make-up aufzufrischen, konnte sie unmöglich so lange brauchen.

Die Party zog sich hin bis in die frühen Morgenstunden. Dann aber war endgültig Schluss mit Musik und Tanz und Feiern: Mit einem kräftigen Tusch der Musiker und recht überschwänglichen Abschiedsworten von Jeff und

Alice – die wie aus dem Nichts gerade eben erst wieder aufgetaucht war –, wurde das Fest offiziell beendet. Die Gäste, von denen viele eindeutig zu viel Alkohol getrunken hatten, verließen nun mit meist übertriebenem Getue, aber in rascher Folge das Haus.

Als die letzten gegangen waren, bat Jeff seine Frau, kurz stehenzubleiben, und eilte Richtung Schlafzimmer. Heraus kam er mit einer wunderschönen langstieligen Rose, die er am Vormittag gekauft hatte. An ihr befestigt war er ein kleines handbeschriebenes rotes Stück Papier. »Danke, ich liebe Dich«, stand darauf. Er wollte sie nun, nach der Party, seiner Frau überreichen, denn so war es geplant gewesen; und zudem war ja nun einer dieser Momente entstanden, in denen nur noch etwas Außergewöhnliches helfen könnte, um das Außergewöhnliche wieder zu normalisieren – ohne Erklärungen, und einfach nur so, als habe man alles im Griff. Charmant lächelnd ging er zu Alice, fasste sie, die schon leicht zurückzuckte, mit der linken Hand am Arm und reichte ihr mit der rechten die Rose.

Alice entzog sich ihm barsch, nahm die Rose nicht an und zischte recht laut, ohne ihn dabei anzusehen, sie wolle ihre Blumen wirklich selber kaufen. Dann stapfte sie Richtung Schlafzimmer davon. Kurz darauf knallte die Tür.

»Mein Gott«, sagt Jeff zu sich, denn damit hatte er nicht gerechnet. Schließlich hatte er nichts getan! Und das eine Mal damals mit Mary, das war ja nun schon ewig her, und Alice wusste nicht einmal etwas davon! – Oder etwa doch? Seufzend ließ er sich auf die Couch sinken. Das war ja ein toller Start ins neue Leben! Er legte sich auf die Couch, die Rose ließ er auf den Boden fallen.

Als er am nächsten Mittag aufwachte, war sie verschwunden. Auch den Strauß von Mary und Tom gab es nicht mehr. Irritiert sah Jeff sich um, horchte auch – er schien allein zu sein. In dem Moment öffnete sich die Tür. Alice stand darin, mit einem großen Strauß Frühsommerblumen.

Sie lächelte Jeff an und sagte: »Ich hab doch gesagt, ich will mir meine Blumen selber kaufen.« Dann ging sie, scheinbar entspannt

113

schlendernd, in die Küche, holte eine Vase hervor, füllte sie mit Wasser, stellte die Blumen hinein. Sie kam zurück und platzierte den opulenten Strauß mitten auf dem Wohnzimmertisch.

»Schön, nicht?«, sagte sie zu Jeff. »Das macht unser neues Zuhause doch gleich noch viel gemütlicher!«

Und dann: »Wenn diese Mary hier noch einmal auftaucht, ziehst du aus.«

Panik am Geburtstag

Pia, das einzige Kind von Lena und Anton, ist verschwunden! Und das auch noch an ihrem Geburtstag. Fünf ist Pia heute geworden.

Die Familie und Kinder aus dem Kindergarten »Sonnenblick« haben den Geburtstag im »Roma«, dem gemütlichen italienischen Lokal in der Nähe, gefeiert. Mit Musik aus der Musikbox (und gar nicht nur einer mit Retro-Chic, sondern einer echt alten), mit Kakao, Bonbons und Gummibärchen auf einem festlich gedeckten Geburtstagstisch, auf dem sogar Kerzen standen.

Alle Geburtstagsgäste haben Geschenke mitgebracht, eingepackt in buntes Papier, natürlich. Pia hat die vielen Päckchen, wie nicht anders zu erwarten, mit großer Leidenschaft und voller Begeisterung ausgepackt.

Und ein Lied haben sie gesungen, extra für sie, herrlich: »Wie schön, dass du geboren bist«.

Als das Lied gesungen wird, stellt sich auch Theo, der Inhaber, an den Tisch und singt mit.

Danach überrascht er Pia mit einer geschnitzten Holzfigur aus Italien und herzhaften Schokokugeln, und er verteilt an alle Kinder kleine Malbücher und Buntstifte. Ihnen widmen sich die Kinder hingebungsvoll, bis die Pizzen fertig sind. Theo, den sie schon lange kennt und immer gemocht hat, ist jetzt Pias bester Freund.

Die Pizzen sind köstlich, und im Anschluss an sie und ein Eis für jeden geht es für alle Kinder zu lustigen Spielen nach draußen. Pia ist überglücklich; immer wieder hüpft sie im Kreis herum und ruft strahlend: »Juhu, heut ist mein Geburtstag!« Ein derart aufregendes Fest hat sie noch nie erlebt.

Bis zum Spätnachmittag zieht es sich hin. Mit ein paar herzlichen Abschiedsworten der Mutter wird das fröhliche Kinderfest dann beendet. Mittlerweile sind auch die Eltern der Kinder eingetroffen, um ihre Sprösslinge abzuholen. Vielmals dankend für den gelungenen Tag verlassen die Kinder und ihre Eltern den Ort der Feier, dann machen sich auch ihre Oma Betti und ihre Oma Hiltrud mit Opa Heiner sowie Tante Anni auf den Weg.

Pia verstaut die Geschenke in der Einkaufstasche ihrer Mutter, und was dort nicht hineinpasst, nimmt sie auf die Arme. Anschließend geht es auch für sie nach Hause. Auf dem Heimweg schwärmt Pia: »Echt eine super Geburtstagsfeier – genauso wie im Fernsehen!« Die Mutter schmunzelt und nickt, der Vater drückt der Mutter einen Kuss auf.

Zu Hause angekommen, sagt der Vater Pia gleich »Gute Nacht«, er muss noch einmal ins Büro. Die Mutter lässt sich erst einmal auf die Couch fallen. Sie ist nun, da alles vorbei ist, ganz erschöpft und müde von all dem Trubel. Pia aber ist total aufgewühlt und hellwach!

Und selbst beim Abendbrot zappelt sie noch sehr und plappert und albert völlig aufgedreht herum. Der Tag soll einfach nie vorbeigehen! Doch die Mutter will sie nach dem Abendessen gleich ins Bett schicken.

Pia verkreuzt die Arme über ihrer Brust und sagt trotzig: »Nein.«

»Komm schon, Pia, es war ein schöner Tag, aber …«

»Nein!«

»Okay, genug für heute«, sagt die Mutter in ruhigem Tonfall.

Pia reagiert nicht. Die Mutter versucht noch, auf ihre Fünfjährige einzureden, ihr zu erklären, dass das wirklich ein toller Tag gewesen sei, aber jeder Tag auch einmal zu Ende gehe und so weiter, aber Pia lässt nur weiter ihre Arme überkreuzt und zieht nun auch ein Schmollgesicht.

Irgendwann reißt der Mutter der Geduldsfaden. Streng befiehlt sie: »Ab ins Bett, sofort!«

Pia hasst ihre Mutter in diesem Moment. Wütend springt sie auf und stapft aus der Küche, schlägt die Küchentür zu und poltert die Treppe hinauf zum Dachgeschoss in ihr Kinderzimmer.

Die Mutter weint leise. So hatte dieser schöne Tag doch nicht enden sollen! Sie hofft, dass Anton, ihr Mann, bald aus dem Büro nach Hause kommt. Mit ihm will sie über die zermürbende Auseinandersetzung mit Pia sprechen. Um ihre Nerven zu beruhigen, und damit er mit Pia reden, das Tagesende besser machen kann.

Es ist schon sehr spät, als sie endlich Schritte im Flur vernimmt. Doch Lena springt sofort von der Couch auf und rennt quasi zu Anton. Sie empfängt ihn mit einem prasselnden Redeschwall.

Anton hat Mühe, so schnell umzuschalten, er ist in Gedanken noch in der Firma, bei dem aktuellen Export-Projekt, doch er weiß, er hat keine andere Wahl. Schließlich gelingt es ihm, sich auf Lenas Worte zu konzentrieren und, was gar nicht so einfach ist, auch ihre Zusammenhänge, ihren Sinn zu erfassen. Er ist fast erleichtert, als er versteht, um was es »nur« geht. Er schlingt seinen Arm um sie und sagt tröstend: »Alles wird gut ... alles!« Er wiederholt es einfühlsam und geht mit ihr in die Stube.

Er macht einen guten Wein auf, und zusammen genießen sie den Rest des Abends. Mit Pia will er morgen reden; jetzt ist es ja schon viel zu spät. Bevor sie zu Bett gehen, will Lena in Pias Zimmer noch einmal nachschauen, ob alles in Ordnung ist – wie sie es immer tut.

Kurz vor Mitternacht geht sie hinauf ins Dachgeschoss. Sie öffnet die Tür einen Spalt weit, so dass das Licht aus dem Flur aufs Kinderbett fällt. Seltsam, es ist leer. Ob Pia im Schlaf aus dem Bett gepurzelt ist? Lena macht die Tür ganz auf. Immer noch keine Pia zu sehen. Sie drückt den Lichtschalter, es wird hell im Zimmer. Von Pia keine Spur. Lena wird richtig mulmig. Sie ruft nun nach ihrer Tochter, sucht dabei im Zimmer umher, unterm Bett, im Schrank … Nichts! Pia – ist nicht da.

Aber das kann doch nicht sein! »Nein, nein, das ist nicht wahr!«, ruft die Mutter laut.

Der Vater, in der unteren Etage, zuckt zusammen. Er eilt die Treppe hinauf – und sieht das leere Kinderbett!

»Ein Albtraum, das kann nicht sein«, sagt Lena mit tonloser Stimme, ihr Gesicht ist ganz fahl.

Anton steht selbst kurz fassungslos da; dann nimmt er seine Frau in den Arm, beruhigt sie etwas und verspricht: »Wir werden sie schon finden!« Wahrscheinlich ist sie ja nur irgendwo im Haus.

Gemeinsam durchsuchen die Eltern nun, immer wieder nach Pia rufend, das ganze Haus. Doch Pia bleibt verschwunden.

»Das hat keinen Zweck«, sagt Anton schließlich, »sie muss abgehauen sein.« Er geht mit festen Schritten zur Garderobe im Flur, um sich seine Jacke überzuwerfen.

Lena steht hilflos im Wohnzimmer, fängt an zu schluchzen. Anton versucht sie zu beruhigen, ruft ihr, während er seine Jacke übestreift, zu: »Weit kann sie nicht gekommen sein, sie ist ja erst fünf.« Dann geht er zu Lena, umarmt sie und drückt ihr einen Kuss auf die Stirn.

Lena weint nun richtig. »Genau, sie ist erst fünf: Was da alles passieren kann!«

»Da ist schon nichts passiert, nur ein Kind das schmollt und ausgerissen ist«, sagt Anton. Und er sagt es äußerst bestimmt, weil er sich selbst sehr, sehr große Sorgen macht.

»Wir sollten sofort die Polizei anrufen«, meint Lena ernst. »Eine Großfahndung einleiten, damit Pia nicht einem Kinderschänder, einem Mörder zum Opfer fällt!«

Anton will erst einmal alleine nach Pia suchen. Doch Lena besteht darauf, die Polizei einzuschalten. Also wählt er schließlich die Nummer der Polizei und schildert einem Beamten die Situation.

»Was ist, was ist?«, fragt Lena sofort, als das Gespräch vorbei ist, noch bevor er aufgelegt hat.

»In zehn Minuten kommt ein Streifenwagen. Aber bis dahin gehe ich raus und suche Pia selbst!«

»Ich komme mit«, sagt Lena kurz entschlossen.

Sie suchen um das Haus, auf der nahegelegenen Pferdekoppel, auf dem Spielplatz … nichts. Dann müssen sie zurück, die Polizei muss jeden Moment da sein.

Als sie am Haus eintreffen, fährt gerade der Streifenwagen vor. Zwei Polizisten steigen aus. Ihnen schildert Anton noch einmal die ganze Situation, unterbrochen von hektischen Einwürfen Lenas. Ein Polizist nimmt die Personalien von Pia auf, eine Beschreibung ihrer aktuellen Kleidung (es muss noch die vom Tag sein;

der hellgrüne Benjamin-Blümchen-Schlafanzug liegt im Bett) und lässt sich ein aktuelles Foto geben.

»So, dann suchen wir erst einmal die Umgebung ab«, erklärt der Beamte ruhig. »Können Sie uns hier einen Anhaltspunkt geben? Wo hält sich Pia gerne auf?«

Anton und Lena zählen allerlei Orte auf, berichten, wo sie schon waren – und wo noch nicht, etwa auf der großen Wiese mit dem kleinen Bach, etwas hinter dem Spielplatz, oder an der Kreuzung mit der Hauptstraße, an der Pia gerne steht und den Autos und Fußgängern zusieht, all dem Trubel.

»Okay, einer von Ihnen bleibt jetzt hier, damit jemand da ist, falls Pia von selbst zurückkommt, und einer geht bitte mit uns auf die Suche, damit Pia sich auch traut sich zu melden, wenn wir sie rufen.«

Lena bleibt, Anton geht mit. Nervös läuft Lena erst vor dem Haus auf und ab, dann in Flur und Wohnzimmer; schließlich setzt sie sich auf das Bänkchen im Flur, direkt gegenüber der Telefonstation.

Das Telefon darin bleibt stumm. Und auch ihr Handy, das sie die ganze Zeit in der Hand hält, rührt sich nicht.

Nervös verfolgt sie die Zeiger der Standuhr an der Wand gegenüber, die unerbittlich und doch auch viel zu langsam nach vorne rücken. Ihre Anspannung wird unerträglich.

Als plötzlich das Telefon klingelt, zuckt sie zusammen. »Oh Gott, die Polizei, Lena ist bestimmt tot«, fährt es ihr durch den Kopf. Denn Anton hätte sie doch gewiss auf dem Handy angerufen, oder? Sie schaut auf die Nummer auf dem Display. Es ist wirklich nicht Antons. Mit zitternder Hand geht sie ran.

Es ist einer der Polizisten. Sie haben Pia nicht gefunden. Dafür aber, in der Nähe des Spielplatzes, die Holzfigur, die Pia gerade erst von Theo geschenkt bekommen hat. Sie wollen einen Suchhund anfordern. Bald komme also ein Polizist vorbei, sie solle ein von Pia getragenes Kleidungsstück bereithalten, so dass der Spürhund die Fährte aufnehmen könne.

Lena verspricht schniefend, dies zu tun. Und hakt plötzlich eilig, wie nach einer brillanten

Idee, nach: »Waren Sie schon im ›Roma‹? Da haben wir ja heute Geburtstag gefeiert, und dort hat Theo, der Besitzer, unserer Pia … und der Spielplatz liegt auf dem Weg dorthin!«

Der Polizist muss die frisch geschöpfte Hoffnung gleich wieder zerschlagen. Selbstverständlich sei man schon dort gewesen, aber der Besitzer wisse von nichts, und Pia habe man auch dort nicht gefunden. »Aber es ist nicht aussichtslos, wahrscheinlich ist sogar gar nichts Schlimmes passiert! Von Seiten der Polizei wird weiterhin alles getan«, beteuert der Beamte und beendet das Gespräch.

Lena rutscht das Telefon aus der Hand.

Kurz darauf klingelt ihr Handy. Anton ist dran. Um sie zu beruhigen. Um sich zu beruhigen. Neuigkeiten gibt es, wie zu erwarten, noch nicht. Gegenseitig versuchen sie sich nun einzureden, dass es Pia gut geht. Doch beide können es nicht mehr recht glauben.

Da klingelt es plötzlich an der Haustür. Lena zuckt zusammen. Und erinnert sich dann: der Spürhund! Und sie hat noch nicht einmal ein Kleidungsstück von Pia herausgesucht …

Sie verabschiedet Anton knapp. Dann erst fragt sie sich, ob das wirklich schon der Polizist mit Spürhund sein kann. Ist dafür nicht viel zu wenig Zeit vergangen? Hochnervös öffnet sie die Tür. Vor ihr steht Theo, mit der schlafenden Pia auf dem Arm. »Ich hab da jemanden gefunden, als ich nach dem Polizeibesuch nochmals alles durchsucht habe; ganz hinten unter der Eckbank in unserem Raum für Feiern, hinter all den davor aufgestapelten Stühlen. Sie hat friedlich geschlafen, die Süße.«

Fassungslos starrt Lena auf Theo, auf Pia. Sie kann es gar nicht gleich glauben. Aber sie macht sofort einen Schritt zur Seite, damit Theo hineinkann.

Er bringt die weiter friedlich schlafende Pia zur Couch, legt sie dort sanft ab und streicht einmal über ihren Kopf. Dann blickt er zu Lena: »Ich habe sie gleich geweckt, als ich sie gefunden habe, um sie zu Ihnen zu bringen; doch kaum war sie aus ihrem Versteck raus und bei mir auf dem Arm, ist sie schon wieder eingeschlafen. Naja, war ja auch ein anstrengender Tag, nicht?«

Theo lächelt, und Pia fällt ihm nun um den Hals, drückt ihn so sehr, dass er kaum noch Luft bekommt. »Keine Ursache«, murmelt Theo. Und ermahnt dann: »Jetzt sollten wir aber sofort Ihren Mann anrufen, damit er und die Polizisten auch Bescheid wissen.«

Pia nickt, und hebt ihr Handy, das sie in der Hand hält, hoch; sie vertippt sich zweimal in der Handynavigation, bis sie endlich tatsächlich Antons Nummer wählt. Es klingelt nur ein Mal, dann ist Anton schon dran. »Sie ist da, und es geht ihr gut«, flüstert Lena ins Handy. Dann lässt sie sich erschöpft auf die Couch sinken, neben Pias Füße. Sie streichelt Pia an den Beinen und sagt: »Alles ist wieder gut.«

Dann reicht sie das Handy an Theo weiter, und dieser berichtet Anton und den Polizisten genau, was geschehen ist. Zum Abschluss scherzt er noch: »Na, das ist ja auch das Ziel, dass es unseren Gästen so gut bei uns gefällt, dass sie gar nicht mehr wegwollen – aber allzu oft brauchen wir das in der Art auch nicht zu erreichen!« Dann legt er auf und gibt Lena das Handy zurück.

127

»Na, dann wollen wir mal«, sagt sie, steht auf, legt das Handy weg und nimmt ihre Tochter sanft auf die Arme, um sie hoch in ihr Bett zu bringen.

Auf der falschen Spur

Theo hielt sich in der finsteren Seitenstraße des einsamen Dorfes, unmittelbar neben dem Unbekannten, der da regungslos und unansprechbar, in dreckigen und zerrissenen Klamotten und mit verstrubbelten Haaren, offenbar halb tot lag, schon eine Weile auf. Sollte er ihn, der etwas heruntergekommen, aber doch gar nicht wie ein Penner aussah, einfach auf der Fahrbahn liegen lassen und seines Weges gehen – irgendjemand würde ihm ja schon helfen, bestimmt, und der hätte dann den ganzen Stress –, oder sollte er selbst versuchen zu helfen?

Unruhig stapfte Theo von einem Bein auf das andere, machte zwischendurch ein paar Schritte, seitlich, immer etwas weg, dann wieder zurück. Schließlich blieb er recht entfernt stehen. Wandte sich ab, wollte gehen. Konnte es dann aber doch nicht. Einen hilflosen Menschen auf der Straße liegen lassen? Unmöglich! Es ging einfach nicht! Nein, so herzlos wollte er nun wirklich nicht sein. Zudem, so schoss es ihm in den Sinn, wäre das ja auch gegen das Gesetz: »Hilfe leisten, ist die erste Bürgerpflicht!« So hatte er es schon als Kind gelernt. Und das wusste auch jeder nur halbwegs gescheite Mensch!

Für Theo stand also fest: Er musste Hilfe leisten. Er machte zwei, drei Schritte auf den Reglosen zu, bückte sich, griff ihn unter den Achseln, und mit viel Kraft zerrte er den Unbekannten über den Asphalt bis an den Straßenrand, auf einen schmalen Grünstreifen.

Er zog seine schwarze, fellgefütterte Jacke aus und legte sie unter den Kopf des Fremden. Das wäre also geschafft! Doch wie weiter? Mit gemischten Gefühlen von Mitleid und Zorn blieb Theo nun neben dem Fremden stehen, schaute auf ihn hinab, war gleichzeitig aber ganz auf sich konzentriert, auf seine Situation, in die ihn der Unbekannte da gebracht hatte, und sprach murmelnd pausenlos mit sich selbst. Das half ihm natürlich letztlich nicht weiter; aber immerhin konnte er so das zutiefst unangenehme Gefühl von Ratlosigkeit und Überforderung übertünchen, und dazu auch die sich in ihm mittlerweile ausbreitende Angst, letztendlich auch um sein eigenes Leben – was, wenn er falsch handelte? Was, wenn in ihm gar der Täter gesehen würde und nicht der Retter? Wie leicht konnte es da passieren, dass ... Ach, Herrgott, im schlimmsten Fall ginge er glatt als Mörder aus der Sache hervor, ohne etwas getan zu haben!

Es blieb also nur zu warten, auf einen rettenden Zufall, darauf dass sich der Unbekannte neben ihm, der so um die vierzig oder fünfzig sein mochte, doch noch in Bewegung setzte. Doch was, wenn dieser das nicht tat und vielleicht starb, obwohl er noch zu retten gewesen wäre? Und das nur, weil niemand einen Krankenwagen gerufen hatte. Das wäre natürlich furchtbar!

Natürlich für den Unbekannten, aber für ihn, Theo, erst recht! Unterlassene Hilfeleistung ... und dafür konnte man verurteilt werden. Käme er gar ins Gefängnis?

Er sollte am besten gleich den Rettungsdienst rufen! Oder? Theo wusste in diesem Moment wirklich nicht, was tun. Ihn zu rufen und

131

ihn nicht zu rufen, beides konnte für ihn selbst doch schreckliche Konsequenzen haben, ihn vielleicht sogar ins Gefängnis bringen …

Lebte der Fremde überhaupt noch? Theo ging in die Knie, beugte sich vor, senkte seinen Kopf ziemlich nahe an den Halbtoten heran, um nun zu horchen, ob sein Herz noch schlug. Der Herzschlag war zwar schwach und auch unregelmäßig, aber es schlug noch.

»Gott sei Dank: Er lebt!« Dieser Gedanke durchfuhr Theo wie ein Schauer, und er genoss die Erleichterung, die sich zumindest vorübergehend bei ihm einstellte. Allerdings: Für ihn selbst hatte sich so ja nichts geändert. Er wusste immer noch nicht, was er tun sollte. Und so war die Erleichterung bald wieder vollkommen aufgehoben. Stattdessen war da nur mehr und mehr diese Hilflosigkeit, dieses Gefühl des absoluten Alleinseins, und das war für Theo kaum noch zu ertragen. Er zitterte am ganzen Körper. Wegen der Anspannung, und natürlich auch wegen der Kälte: Seine kuschelig warme Jacke lag ja nun zum Schutz unter dem Kopf des Unbekannten.

Damit es ihm zumindest etwas wärmer wurde, schlug Theo seine Arme abwechselnd mal nach rechts und mal nach links über die Schulter, nachdem er sich wieder aufgerichtet hatte. Das half zwar etwas, aber dauerhaft war es nun auch keine Lösung. Wie mochte das Wetter da erst dem Unbekannten zusetzen? Klar, der Fremde hatte seinen Mantel noch an, aber sehr dick und warm sah der nicht aus, und unbeweglich, und bei diesem Wetter auf dem Boden, der musste ja eiskalt …

Theo raffte all seinen Mut zusammen, zog sein Handy hervor, tippte die Zahlen eins, eins, zwei mit zittrigen Fingern schließlich nun doch in sein Telefon. Professionell wurde sein Anruf entgegengenommen; er beschrieb kurz seine Situation und sagte zu, bei dem Unbekannten zu bleiben, bis der Notarzt da sein würde; er wartete also.

Aber seine Gedanken, ob er durch diesen halbtoten Typen, der offensichtlich auch gar nicht in Lumpenkleider gehörte, auch wirklich keine Probleme bekommen würde, ließen ihn einfach nicht los.

Endlich: Theo wurde vom grellen Scheinwerferlicht eines heranfahrenden Autos geblendet. Vorsichtig rollte der Wagen heran. Ja, es war der Rettungswagen! Ganz nahe bei ihm hielt er. Ein junger Arzt stieg aus, grüßte ihn knapp, fragte, was Theo wisse (was ja nicht gerade viel war) und bewegte sich dabei schon flink auf den reglosen Körper zu. Er öffnete kurz die Augen des Unbekannten und leuchtete mit einer kleinen Taschenlampe in sie hinein, befühlte den Puls und lauschte auf den Herzschlag. Alles wirkte sehr routiniert, und zügig war er fertig. Er setzte seinem Mitfahrer ein Zeichen, wozu er in einem wütend klingendem Ton rief (ob an seinen Mitfahrer oder an Theo gerichtet, war nicht ganz klar): »Eiligst zum Krankenhaus in der Heinersdorfer Straße. Der Trunkenbold ist schon so gut wie tot; viel fehlt dazu nicht mehr!« Dann, etwas leiser, und nun klar an Theo gerichtet, fuhr er fort: »Diese ekelige Sauferei, ewig dasselbe, diese Typen saufen solange, bis sie am Boden liegen und am Ende nicht wieder auf die Beine kommen! Irgendeiner wird sie ja schon finden und auch helfen. Und wir sind dann wieder die Leidtragenden, müssen her – egal wie spät es ist!«

»Wie verflucht recht du hast«, sagte sein Mitfahrer, der nun die Liege aus dem Krankenwagen holte. Unsanft wurde der regungslose Fremde auf sie gezerrt und mit ihr in das Innere des Krankenwagens geschoben. Die rückwärtigen Türen wurden laut zugeschlagen.

»Sie können dann auch gehen«, rief der Arzt Theo noch zu, während er und sein Kollege einstiegen. Beide Türen klappten geräuschvoll zu, und ruckartig setzte sich der Krankenwagen in Bewegung. Mit rasantem Tempo ging die eigentliche Fahrt dann los.

Theo stand weiterhin am Straßenrand, sah dem Krankenwagen noch nach, als schon längst nichts mehr von ihm zu sehen war. Na, der Arzt war richtig genervt gewesen; aber bei aller Ruppigkeit, der Fremde wäre nun in Sicherheit, der Arzt würde schon wissen, was er tat … Von der Alkoholsache mal abgesehen: Denn, wenn jemand so besoffen war, dann stank er doch nach Alkohol! Was bei dem

Fremden aber nicht der Fall gewesen war. Nun egal: Immerhin wusste er den Halbtoten jetzt gerettet. Und er selbst, Theo, würde keinerlei Probleme bekommen! Ihm war daher auch jetzt, als sei er von einer schweren Last befreit worden.

Aber schon auf dem Heimweg, erst recht dann zu Hause stellte Theo fest, dass er doch noch nicht ganz frei war: Wieso hatte der Fremde in Lumpen dagelegen, obwohl das zu seinem gesamten Erscheinungsbild so gar nicht passte. Und: Es waren ja auch eigentlich nicht einmal richtige Lumpen gewesen, eher normale Kleidungsstücke, nur dreckig und an manchen Stellen durch. Oder? Vielleicht irrte er sich ja auch!

Und war es nicht vielleicht sogar doch möglich, dass er nach Alkohol gestunken hatte, er, Theo, dies aber nicht bemerkt hatte, vielleicht weil man in der Kälte und mit leicht verschnupfter Nase einfach schlecht riecht? Und dann die ganze Aufregung. Oder hatte der Fremde Verletzungen am Körper, die so nicht zu sehen gewesen waren, war er vielleicht

Opfer eines Überfalls? Und würde er die Nacht tatsächlich gut überstehen? Theo beschloss, sich gleich am nächsten Morgen nach dem angeblichen Trunkenbold zu erkundigen.

Sehr früh am Morgen wachte Theo auf. Gleich waren seine Gedanken wieder bei dem Fremden. Kaum hatte er seinen Morgenkaffee getrunken, machte er sich auf den Weg zum Krankenhaus. Er hatte Glück, denn der behandelnde Arzt, der sich des Unbekannten intensiv angenommen hatte, war noch da, hatte gerade Zeit und war bereit, konkret Auskunft zu erteilen.

Theo erfuhr allerlei Details, die allerdings den Vorfall zunächst immer merkwürdiger erscheinen ließen: Der fremde Mann hatte keinerlei Ausweispapiere bei sich, in seinen lumpigen Kleidern befanden sich lediglich ein Schlüsselbund (unter anderem mit einem BMW-Schlüssel dran!) und ein Taschentuch. Seine Identität war weiter ungeklärt. Und in der Nacht hatte er immer wieder Wortfetzen vor sich hingelallt – doch nur eine Silbe war halbwegs deutlich gewesen und hatte sich mehrfach wiederholt: Con... oder Conc... oder Const... Weder der Arzt noch eine der helfenden Schwestern aber hatte sie irgendwie zuordnen können. Vermutlich sei es um einen Namen gegangen, wahrscheinlich den einer Frau. Vielleicht den seiner verstorbenen Ehefrau (durch den Todesfall aus der Bahn geworfen, das komme häufiger vor), oder den einer unglücklich Geliebten, oder ...

Aber das, räumte der Arzt ein, war alles reine Spekulation. Am Ende wisse man nichts; und er bedauerte, dass auch Theo hier kein bisschen zur Aufklärung beitragen konnte.

Was dagegen eindeutig feststehe, fuhr der Arzt fort, dass bei dem angeblichen Trunkenbold keinerlei Spuren von Alkohol oder sonstigen Drogen festgestellt worden waren. Und dass, nachdem er entkleidet gewesen war, sich ein schockierender Anblick seines rechten Oberschenkels geboten hatte: Eine ziemlich große offene Wunde, von einem violett-roten Rand umzogen, habe sich gezeigt. Und man habe vor einem weiteren Rätsel gestanden.

Doch letztlich habe sich eindeutig herausgestellt: Tollwut. Ein streunender tollwütiger Hund müsse den Fremden einige Tage zuvor gebissen haben. Der habe die Angelegenheit aber wohl leider unterschätzt und sei anscheinend gar nicht zum Arzt gegangen, um dort entsprechend behandelt, also auch und vor allem geimpft zu werden. Nach einer gewissen Zeit dann sei es wohl zu der krankheitstypischen Verwirrung gekommen, die schließlich im Anblick des Fremden auch klar erkennbar gewesen sei. Leider habe es nun für den Betroffenen keine Rettung mehr gegeben. In jämmerlichem Zustand und ohne das Bewusstsein wiederzuerlangen sei er letztlich verstorben – und das auch noch viel zu früh, in seinen mittleren Jahren, schloss der Arzt, sichtlich bewegt, und senkte seinen Blick. Schweigen füllte nunmehr den Raum des Sprechzimmers, bis Theo sich schließlich mit einem kurzen aber innigen Händedruck von dem Arzt verabschiedete.

Auf dem Heimweg und auch zu Hause angekommen hing Theo seinen Gedanken nach – und er war sich sicher, auch die nächste Zeit würde ihn diese mysteriöse »Nachtgeschichte« noch beschäftigen; und vergessen würde er sie ganz gewiss niemals. Zu schockierend waren die Situation und der Ausgang gewesen, zu geheimnisvoll die Umstände.

Nun, woran der Fremde gestorben war, warum er praktisch in Lumpen unterwegs gewesen war, dafür hatte man immerhin Erklärungen. Doch wer er gewesen war, das war noch immer nicht klar …

Vielleicht, so überlegte Theo, sollte er die kommenden Tage einmal bei der Polizei nachfragen?

Schließlich war es nicht unwahrscheinlich, dass der Mann hier als vermisst gemeldet wurde. Allerdings, dass sich die Infektion immer weiter verschlimmern, dass der Mann immer verwirrter werden konnte, ohne dass da jemand was tat, das sprach dafür, dass er sehr zurückgezogen gelebt hatte …

Und hatte er nicht gerade eindrucksvoll miterlebt, wie schnell man sich irren konnte, wenn man vorschnell urteilte? Der Notarzt hatte den Fremden doch als ekligen Trunkenbold missachtet, dabei war er lediglich Opfer eines Unfalls geworden … Wenn es überhaupt ein Unfall gewesen war: Der streunende Hund war schließlich auch bloß eine Vermutung. Vielleicht war es aber auch gezielter Mord gewesen, mit einem infizierten Hund als Waffe. Oder …

Jedenfalls, der angebliche Trunkenbold war keiner gewesen. Ja, und er, Theo, würde sich bei der Polizei melden. Vielleicht kam so ja noch mehr ans Licht!

Connys neues Leben

In der Frühe, etwa gegen sieben Uhr, setzt Conny sich an ihren Schreibtisch vor dem Fenster. Hier ist geradezu der ideale Platz für ein gesundes Frühstück und danach eine gute Tasse Ostfriesentee. Beides genießt sie, bevor sie in die Welt des Schreibens eintaucht, die ihr immer noch neu ist und zugleich doch zunehmend vertraut. In ihr analysiert sie ihre Gedanken, spürt Inspirationen unterschiedlichsten Ursprungs nach, entdeckt Interessantes, und schließlich bringt sie Texte zu Papier (oder auf den Bildschirm). Sie schreibt, um etwas zu sagen, mitzuteilen, anderen mit auf den Weg zu geben. Doch nicht nur das: Es entsteht dabei, beim ganzen Vorgang des Schreibens, beginnend bei der ersten Überlegung, für sie eine Distanz zu den Dingen, die sie gedanklich belasten. Schreiben öffnet ihr Innerstes – und macht es frei.

Mit Schreiben kann sie sich selbst erkennen und ausdrücken – und alles einmal ordnen. Warum ist sie nur so spät darauf gekommen?

Nun, sicher auch, weil sie beruflich so eingespannt gewesen ist. Doch ist es wirklich nur das gewesen? Jedenfalls, hier, an ihrem neuen Lebensort, hat sie das Schreiben endlich für sich entdeckt.

Das Ordnen der Gedanken ist für sie dabei oft alles andere als leicht: Connys Ideen und Gedankengänge, ihre Assoziationen finden meist kein Ende. Das aber brauchen sie doch, damit sie sich erzählen lassen, so erzählen lassen, dass sie für andere auch nachvollziehbar sind! Ach, am liebsten würde sie immer wieder in alle Richtungen gleichzeitig gehen, auf diese diffuse Art immer tiefer in ihre Gedankenwelt eintauchen ... Doch in alle Richtungen zugleich und Tiefe, nein, auch das passt so nicht zusammen.

Was aber bleibt: Mit Freude und großer Leidenschaft lässt sie allmorgendlich Sätze aus ihrer Feder fließen ... so denkt sie sich das zumindest gerne, weil ihr dieses romantische Bild gefällt. Tatsächlich tippt sie sie in ihren Computer. Weil man das heute so macht. Und weil sich die Texte so viel besser bearbeiten lassen, sich die Gedankensplitter wieder und wieder neu sortieren, die größeren Textteile sich dann zum großen Ganzen fügen lassen und die vorläufig fertigen Essays, Kurzgeschichten, Gedichte besser zu überarbeiten, dem Feinschliff anheim zu geben sind. Und natürlich fließt auch nicht immer alles, ist auch viel Stocken, Überlegen, Zweifeln, Hadern dabei. Aber doch: Es lohnt sich! Und das nicht nur aus ihrer Sicht, sondern auch aus der ihrer Mitmenschen, wie deren Äußerungen zeigen und wie auch deren Verhalten beweist: Sie freuen sich stets über neue Texte von ihr und sagen ihr auch, dass sie besser und besser wird.

Besonders begierig liest immer Simon, Connys Nachbar, ihre Texte, wenn er welche erhält. Weil er sich für das Schreiben interessiert, sagt er. Er selbst hat sich auch eine Zeitlang damit beschäftigt, sagt er, dann aber hat er irgendwann damit aufgehört. Wieso, das verrät er nie. Die Wahrheit ist, er ist einfach nicht vorangekommen, seine Texte sind immer holprig gewesen, immer irgendwie künstlich, unglaubhaft; und packen konnten sie einen auch nicht – höchstens beim Schreiben, beim Lesen aber spätestens …

Jedoch, dieses Thema hat er nie endgültig für sich abgeschlossen! Was aber niemand weiß. Doch er interessiert er sich nicht nur für Connys Texte, sondern auch – oder eigentlich noch viel mehr – für Conny. Conny, die er jeden Morgen sieht, wie sie an ihrem Schreibtisch sitzt, mit einer Tasse Ostfriesentee in der Hand oder vor sich auf dem Schreibtisch, den Laptop schon auf- oder gerade noch zugeklappt. Ganz in sich gekehrt manchmal, ganz den Blick nach außen, in die Welt gerichtet in anderen Momenten.

An diesem Morgen nun – er ist bereits an Conny vorbeigegangen, hat ihr durchs Fenster hindurch zu gegrüßt, doch sie hat ihn heute nicht einmal bemerkt (das kommt immer wieder vor, sie ist dann in Gedanken und für ihn beginnt der Tag schlecht, ohne dass sie wirklich etwas dafür können würde; sieht sie ihn, so grüßt sie stets ebenfalls, und das ehrlich und freundlich) – fällt an seiner Buslinien-Haltestelle sein Blick unwillkürlich auf das neue Plakat, in großen schwarzen Buchstaben steht da: »Heute schon geschrieben?«

»Natürlich nicht«, denkt sich Simon. Und dann schweifen seine Gedanken ab, zu seinen Texten von damals. Und zu Conny. Und er denkt, dass wieder selber zu schreiben vielleicht die besten Gelegenheiten bieten würde, um Conny endlich näher zu kommen. Nicht mehr nur in der Art eines kurzen Nachbarschaftsplauschs mit ihr zu reden, nicht mehr nur ihre Texte zu lesen, die sie ihm ja bereitwillig gibt, und sie dann mit einem »Wirklich sehr gut!« oder dergleichen zurückzureichen, und das war's.

Ja, er wird wieder schreiben! Dann können sie sich auf Augenhöhe über Texte unterhalten (Detailkritik hatte er bisher vermieden, denn sie könnte leicht arrogant wirken, wenn er nur Kritiker ist und nie der Kritisierte; zudem sind Connys Gedichte und Geschichten schlicht besser als das, was er früher selbst einmal verfasst hat), haben sie ein echtes Thema, einen nie endenden Gesprächsstoff, der jederzeit Anlass bietet, sich miteinander zu beschäftigen … Er wird Conny erobern – oder es zumindest versuchen!

Aber ob seine Schreibkünste dafür ausreichen? Und ob er seine Schüchternheit (ist sie nicht der eigentliche Grund dafür, dass er Conny ihre Manuskripte stets nur mit knappsten Kommentaren zurückgegeben hat?) wirklich überwinden kann?

Ach, Conny … wenn sie hier wenigstens anders wäre! Ja, sie wirkt so lebensbejahend und offen … aber so wirklich kommt sie ja auch nicht aus sich heraus! Sonst hätte es doch nicht nur den einen oder anderen kurzen Plausch, nicht nur das Grüßen durchs Fenster und die, immerhin inzwischen zahlreichen, Textübergaben gegeben … Ja, die Menge an Textübergaben, das bedeutet doch was … Mensch, wenn er da keine Chancen hat! Aber die muss man eben auch nutzen …

Nur drei Tage später, an einem Samstagnachmittag, ist Simon unterwegs ins Einkaufszentrum. Unweit von diesem sieht er wieder einmal, wie so oft in den letzten Tagen, das überwältigende Plakat mit dem aufdringlichen Schriftzug: »Heute schon geschrieben?« Es ist Werbung für einen Thriller, in dem all das, was der Held des Romans, ein Krimi-Autor, schreibt, sich in furchtbare Realität verwandelt; in den USA schon ein Bestseller, hier neu auf dem Markt und kräftig beworben. »Conny«, denkt er wie immer. Und dass er selbst endlich mit dem Schreiben …

Und genau in dem Moment bemerkt er sie: Mit wehendem Mantel und mit fest klackenden Schuhen schreitet sie über die Steinplatten durch die Trauben an Passanten auf das Einkaufszentrum zu. An ihm vorbei, der vor dem Plakat innegehalten hat. Ist sie wieder einmal in Gedanken, auch hier draußen?

Simon wird ganz nervös und kribbelig. Jetzt oder nie! Er ruft sie, ruft ihren Namen. Conny aber reagiert nicht. Geht unaufhaltsam forsch weiter in Richtung Center.

»Mist«, denkt Simon, und: »Jetzt nicht aufgeben!« Er setzt ihr nach. Direkt vor dem Center-Eingang, er ist nun weniger als einen Meter hinter ihr, beugt er sich im Gehen vor und raunt ihr zu: »Na, heute schon geschrieben?«

Conny hält blitzschnell an und dreht sich auf dem Absatz um, als wäre Gott weiß was passiert. Gerade noch kann Simon bremsen. Unmittelbar treffen sich ihre Blicke, und ihre beiden Nasenspitzen entkommen nur knapp einer Berührung.

Eine recht heikle Situation; und keiner von beiden sagt etwas. Es wird unangenehm. »Ich schon«, meint da Simon, weil etwas gesagt werden muss und ihm gerade nichts Besseres einfällt.

»Was, du ... du schreibst auch ... also wieder?«, fragt Conny, überrascht – und zugleich interessiert.

»Naja, das ist noch ganz frisch; ich habe früher schon einmal, wie du ja weißt ... aber dann eben lange nicht ... bis jetzt. Ich ... ich hatte da so viele offene Fragen zum Schreiben ... naja, aber jetzt, jetzt schreibe ich eben wieder!« War das gelogen? Nun ja, ein wenig, aber immerhin hat er ja tatsächlich vor, wieder zu schreiben – und er hat endlich Conny angesprochen, richtig angesprochen, und das auch noch weit weg von ihren Haustüren!

»Toll, dass du jetzt auch schreibst! Und wenn du noch Fragen hast ... ich denke, ich könnte dir da vielleicht ... schließlich magst du ja, was ich so mache«, meint Conny.

Und Simon sagt: »Ja.« Und dann: »Du magst doch Tee. Darf ich dich auf einen einladen?«

»Klar.« Conny lächelt.

Dann sind sie stumm, und etwas verlegen gehen sie gemeinsam ins Center. Doch als sie im Bistro sind und ihre Tees vor sich haben, reden sie bald über Gott und die Welt; und natürlich auch übers Schreiben. Und sie verabreden, dass Simon seine neuen Texte Conny zeigt; und dass er ihre Texte ab jetzt etwas ausführlicher kommentiert. Und vor allem, dass sie sich bald, ganz bald wieder ausführlich unterhalten wollen, so einfach über alles, weil es schlicht so gut passt mit ihnen beiden ...

Neue Welt

»Sowas gibt's nicht nochmal!« Das sind die Worte, mit denen der Chef Julia, die nicht älter als achtzehn, neunzehn ist, nach Beendigung ihrer Lehrzeit zur internationalen Spielwarenmesse nach Nürnberg schickt. Ihre Kollegen aus Büro und Technik sind schon gerade mit dem Firmen-Passat dort angereist, um den Stand aufzubauen. Und Julia soll, wie ihr Chef ihr gerade eröffnet hat, in ein paar Tagen gemeinsam mit zwei Kolleginnen folgen – um sie auf der Messe zu unterstützen und als Belohnung für ihren guten Lehrabschluss. Die Zugfahrt und das Hotel für Julia sind bereits gebucht, die Eckdaten ihrer Reise stehen fest: Sonntag, 27. Januar hin, nachmittags ins Hotel, am nächsten Tag zum Messestand. Und nach einer Woche von Nürnberg zurück.

Julia ist aufgeregt und begeistert, all die Tage bis zu ihrer Abfahrt. »Mensch, erstmals mit dabei sein – auf der weltweit größten Spielwarenmesse!«, schießt es ihr auch wieder in den Kopf, als sie schließlich in den Zug steigt. Sie kann es immer noch nicht fassen! Auch nicht, als sie schon ihr Gepäck verstaut hat und sich auf ihrem Sitz – Wagen 14, Platz 35 – niedergelassen hat.

Um sie herum nimmt der Trubel zu: Bald wirkt der Zug richtiggehend überfüllt. »Fahren die alle nach Nürnberg?«, fragt Julia sich. Und sie mag vor Aufregung kaum sitzenbleiben auf ihrem Platz am Vierertisch: Ihre erste Reise in ihrem bisher ereignislosen Leben! Und dann noch zu so einer Großveranstaltung! Sie ist so froh, Teil des Ganzen zu sein, aufzubrechen, hinaus aus dem Alltag, hinein ins Abenteuer.

Wo nur ihre Kolleginnen bleiben? Suchend sieht Julia sich um. Da, da kommen sie ja: Ute und Sabine schieben sich langsam durch das Gedränge im Wagen zu ihr her. Überschwänglich winkt sie den beiden. Die beiden winken zurück, dann sind sie endlich so nah, dass sie ihre Koffer verstauen und sie mit höflichem Händeschütteln begrüßen.

Sie platzieren ihre Aktentaschen auf ihren Sitzen, also gegenüber Julia, dann machen sie sich erst einmal Richtung Bordrestaurant auf, um sich Kaffee zu holen. Julia möchte keinen, sie passt lieber auf aller Sachen auf.

Der Zug rollt an. Die Stimmen aus der Lautsprecheranlage in den Bahnhofshallen schallen misstönig, unverständlich nach. Dann sind sie nicht mehr zu hören. Ein Gefühl von Freiheit und Leichtigkeit erfasst Julia; ohne Schelte der Eltern sein – weg von allem – den Duft der Welt einatmen! Und auch einmal weg von ihrem Verlobten, von Michael, der gerade, wie immer, im Büro sitzt und arbeitet. Meistens tut er das bis in die Nacht hinein, weil ihm die Arbeit einfach das Wichtigste ist – weswegen er auch kaum Zeit für sie, Julia, hat.

Anfangs hatte sie seinen Ehrgeiz noch bewundert, doch inzwischen kann sie seine Arbeitswut kaum noch aushalten. Ha, weg aus dem Bann des Verlobten, aus ihrer ganzen langweiligen, miefigen Alltagswelt! Sehnsüchtig fährt Julia ihrem Abenteuer entgegen. Was sie erwartet? Sie weiß es nicht genau. Sie weiß nur, dass es aufregend sein wird und neu, und sie hofft, dass es ein Stück von diesem sogenannten prallen Leben sein wird.

Julia blickt entzückt aus dem Fenster, sieht mehr als nur das, was draußen an ihr vorbeizieht, sieht – vage natürlich – das, was sie erwartet. Sie lächelt.

Ein Mann fragt sie, ob der Platz neben ihr noch frei ist. Sie bejaht. Der Mann setzt sich umständlich, dann zieht er eine Zeitung hervor und vertieft sich in sie. Julia nimmt nun ihr Buch aus ihrer Handtasche: Margaret Mitchel, »Vom Winde verweht«. Eines ihrer absoluten Lieblingsbücher, schon reichlich zerlesen, doch genau die richtige Lektüre, um ein Abenteuer zu beginnen. Sie schlägt es auf und fängt an zu lesen. Doch es fällt ihr heute schwer, sich auf den Roman zu konzentrieren. Ja, es ist, wie sie sich bald eingesteht, schlicht unmöglich für sie, jetzt in die Geschichte einzutauchen: Sie ist viel zu aufgeregt. Sie klappt das Buch wieder zu und legt es vor sich auf den Tisch.

Sie achtet nun auf die Fahrt an sich, beispielsweise darauf, wie die Lichter an- und ausgehen, wenn sie durch einen Tunnel fahren, wie ihr das Rattern der Räder auf den Eisenbahnschienen im Tunnel auch deutlich krachender vorkommt und danach eben wieder viel leiser. Sie betrachtet die vorbeifliegende Landschaft, lauscht den Stimmen der Redenden, dem Lachen, das ab und an ertönt, dem Meckern eines Kindes und den erst beruhigenden und dann zurechtweisenden Worten seiner Mutter. Sie genießt all das. Nur die ekelige Luft, von den Kleider- und Körpergerüchen der Reisenden erfüllt, macht ihr etwas zu schaffen.

Ute und Sabine bleiben lange weg. Julia stört das nicht weiter. Denn zwar kennt sie die Kolleginnen und hat auch nichts gegen sie, doch viel verbunden hat sie noch nie. Dass die beiden sich erst einmal zurückziehen, um in Ruhe den neuesten Firmenklatsch austauschen zu können – oder vielleicht auch neuen zu erfinden – das wundert Julia nicht. Sie werden schon rechtzeitig wieder auftauchen!

Eine Weile später sind die beiden auch wieder da. Am Tisch gibt's noch ein bisschen Smalltalk, dann ziehen Ute und Sabine Bücher hervor und lesen. Julia nimmt abermals »Vom

Winde verweht« in die Hand; aber immer noch kann sie sich nicht konzentrieren. Also legt sie das Buch erneut weg und nimmt die Fahrt weiter in sich auf.

Nach zwei Stationen – Frankfurt und Würzburg – naht endlich die ihrige. Pünktlich um 14:28 Uhr rollt der Zug im Hauptbahnhof Nürnberg ein, und die Türen öffnen sich. Julia zieht – sie hat absichtlich so lange gewartet, bis ihre Kolleginnen auch damit begonnen haben – ihren Mantel an, dann greift sie sich die Reisetasche und den unförmigen Rollkoffer. An Sitzen und Türen hängenbleibend, kämpft sie sich durch das Abteil. Sie bemerkt, wie ihre Kolleginnen ihr ruhig und schmunzelnd nachfolgen. Na, dann hätte sie auch nicht so lange mit dem Mantel zu warten brauchen – aber egal! Julia zwängt sich aus dem Zug. »Geschafft«, sagt sie erleichtert zu sich, als sie draußen ist und den Rollkoffer auf dem Bahnsteig abstellt.

Über einen mit rotem Kokosteppich ausgelegten Flur geht sie zum Aufzug, sie fährt mit diesem hinauf, in die oberste Etage des Hotel-Gasthofs »Schwänlein«, dann nähert sie sich ihrem Zimmer.

Nachdem sie die Tür geöffnet hat, durchzuckt sie ein Schreck: Georg, ihr Kollege, steht überraschend und dazu auch noch sehr dicht neben ihr. Er nimmt ihren Koffer, trägt ihn hinein, stellt ihn direkt vor dem Bett ab und schaut sie eindeutig an. Er geht zu ihr, schnappt ihre Hand, zieht diese an sich und gibt ihr einen Kuss. Dann flüstert er: »Wie fühlst du dich, ist's unangenehm?«

Julia antwortet nicht, neigt den Kopf verlegen zur Seite. Es hatte zwar eine Zeitlang zwischen ihnen geknistert, doch Annäherungsversuche hatte es nie gegeben, auch nie, hatte Julia zumindest gemeint, eine verführerische Absicht. Zudem war das Knistern längst verschwunden gewesen. Aber jetzt ... da war alles plötzlich wieder da; und viel, viel mehr! Doch wie viel mehr? Georg haucht: »Ich mag dich, weißt du das?«, und huscht lächelnd davon, in sein Zimmer direkt nebenan. Wand an Wand mit Julia wohnt, schläft er hier.

Eine Weile noch bleibt Julia wie angewurzelt auf der Stelle stehen, schaut nun irritiert auf den Koffer und im Zimmer umher.

Dann nimmt sie schließlich den Koffer, rollt ihn zum Schrank und packt ihn dort verwirrt aus. Anschließend lässt sie sich aufs Bett fallen und taucht ab in ihre Gedanken. Die sie natürlich sofort zu Georg führen. Und der Frage, was das mit ihnen ist, mit ihnen werden könnte: Ist da Liebe im Spiel, oder liegt nur ein Abenteuer in der Luft? Und was soll sie nun tun? Was kann, was soll das alles nur bringen – Georg ist fünfzehn oder zwanzig Jahre älter als sie und anderweitig in festen Händen, und sie ist verlobt, und das zwar nicht glücklich, doch auch nicht unglücklich, wie sie in ihren Gedanken noch hinzufügt. Sie seufzt auf und verbirgt ihr Gesicht schamhaft in dem Kissen neben ihr.

Etwa eine Stunde ruht Julia auf dem Bett, hängt ihren Gedanken nach, döst auch etwas weg – und träumt hier gleich von Georg. Als sie wieder zu sich kommt, erschreckt sie deshalb. Dann steht sie gleich auf und ruft Michael an. Sie presst den Hörer richtiggehend gegen ihr Ohr, und bis seine Stimme in die Leitung kommt, fühlt sie sich tatsächlich ziemlich elend und bange.

Doch als Michael sich meldet, sagt sie ihm nur kurz, ohne Gruß und ohne Einleitung, dass mit der Zugfahrt und der Unterkunft alles in Ordnung ist; nichts Besorgniserregendes also. Er wünscht ihr eine gute Zeit und viel Erfolg. Sie sagen sich Tschüs, wobei er noch anmerkt, wie viel er zu tun hat, und legen auf.

Erleichtert – wieso eigentlich genau? – lässt sie sich noch einmal aufs Bett sinken. Als es langsam Zeit ist, sich für das Kollegentreffen und gemeinsame Abendessen im Restaurant herzurichten, rafft sie sich wieder auf. Julia mustert die Klamotten im Schrank, um das Passende herauszusuchen; erst jetzt bemerkt sie, dass ihre Kleidung, bis auf den Trägerrock, durch die Enge und das Zusammendrücken im Koffer, viel zu zerknittert ist, um sie einfach so anzuziehen. Kurz erschreckt sie sich, dann aber hat sie schon eine Lösung parat: Zuerst hängt sie das blaue Kostüm für morgen am Messestand auf einem Bügel ins Badezimmer. Die feuchte Luft der Dusche wird es glattmachen; ein Tipp ihrer Mutter. Und für den heutigen Abend, da passt der graue Trägerrock aus Flanell ohnehin bestens, darunter wird sie die grüne Popeline-Bluse anziehen, die hat die Koffertour immerhin einigermaßen überstanden. Beides kombiniert mit ihren dunkelbraunen Schuhe mit dem Keilabsatz, so ist sie genau richtig gekleidet!

Mit ihrer Frisur hingegen ist sie nicht zufrieden: Das feine blonde Haar hängt verschwitzt und strähnig an den Seiten herunter. Doch auch das lässt sich retten! Kurzentschlossen bindet sie es zu einem Pferdeschwanz zusammen, sprüht, gefühlt, eine Dose Haarspray hinein, fertig! Noch ein flüchtiger Blick in den Garderobenspiegel – alles ist gut! Ihrem ersten Auftritt steht nichts mehr im Wege.

Die Kollegen sitzen schon am Tisch und unterhalten sich angeregt. Und: Für sie scheint gar kein Platz mehr da zu sein! Ihre Stimmung schlägt sofort um, und sie wird missmutig. Als sie näher herantritt, sieht sie aber, dass, direkt neben Georg, doch noch ein Stuhl frei ist. Sie freut sich – und auch wieder nicht. Sie haben sie also nicht vergessen, aber der Platz neben Georg, der wird ja auch kein Zufall sein ... und was soll sie nur ... wie soll sie sich verhalten, ihm gegenüber ... und dann auch noch im Kollegenkreis – mit Tratschtanten wie Sabine und Ute am Tisch!

Georg betrachtet sie von der Seite und lächelt sie neckisch an. Es ist klar, er will sein begonnenes Spiel mit Julia gleich fortsetzen. Unterm Tisch drückt er kurz darauf unauffällig sein linkes Bein an ihr rechtes. Julia, peinlich brührt, weiß in dem Moment nicht, ob sie Georgs Verhalten überspielen soll oder nicht – und tut erst einmal gar nichts.

An der allgemeinen Unterhaltung nimmt sie eher gezwungen und innerlich unruhig teil. Und sie ist heilfroh, als der Kellner mit einem Male vor ihnen steht und die Bestellungen aufnehmen will. Er zieht die Aufmerksamkeit auf sich, und so kann sie unauffällig ihr Bein fortziehen und auch ein kleines Stückchen von

Georg wegrücken. Julia bestellt, ohne lange zu überlegen, Schweineschnitzel mit Rotkohl und Semmelknödeln, sowie, unpassend, einen heißen Tee. Der hilft ihr immer; er wird auch hier helfen. Verstohlen blickt sie zu Georg. Der sieht auch gerade zu ihr. Sie lächeln sich an.

Die Tore der fünfzehn Messehallen sind für Besucher aus aller Welt geöffnet. Spielwaren auf 170.000 Quadratmetern. Im Gedränge unzähliger Leute ist Julia erstmals unterwegs zum Messestand ihrer Firma in Halle 5. Dort sind die faszinierenden Modellautos zur Schau gestellt, die sie so erfolgreich produzieren und vertreiben; allesamt Prachtstücke *en miniature.* Sie muss ihr Verkaufstalent »an der Front« unter Beweis stellen, hatte ihr Chef gemeint. Und sie soll ein gutes Gespür für die Wünsche der Zielgruppen – der Händler ebenso wie der Endkunden – entwickeln.

Von all der Vollkommenheit am großzügig ausgestatteten Messestand ist Julia, schon gleich als sie ankommt, vollauf begeistert. Nicht nur die Autos, die in sauber polierten und beleuchteten Glasvitrinen glanzvoll ausgestellt sind, sind wahre Hingucker, der ganze Messestand ist es, einladend und professionell, in Aufteilung und Farbgestaltung und kleinen Details – etwa auch, dass herausragende Produktfotos sowie ausgewählte Modelle geschickt den ganzen Stand zieren und eine gemütliche Sitzecke zu längeren Gesprächen einlädt, während ein eleganter Stehtresen die kürzeren Gespräche beheimatet, einfach hervorragend! Und wie schön, dass es sogar eine kleine Tee-Küche gibt und Kekse in Autoform! Der Stand ist auch bereits gut besucht, obwohl die Messe gerade erst eröffnet hat.

Sabine weist Julia kurz ein, zeigt ihr, wo sie wichtige Unterlagen findet und kleine Werbegeschenke, wo die nächste Toilette ist und so weiter. Und dann soll Julia auch schon ran, alleine an die Kunden – ein Sprung ins kalte Wasser.

Nach den ersten stockenden Versuchen, bei denen ihr Sabine zuweilen zur Seite springt, fühlt Julia sich bald schon immer sicherer. Und bald blüht sie gar richtig auf: der Trubel, die vielen Menschen, die Kunden, die so neugierig und interessiert und begeisterungsfähig sind – das liegt ihr! Und die weniger angenehmen oder wirklich nervigen Standbesucher, die es natürlich auch gibt, wenngleich sie deutlich in der Minderheit sind, die versucht sie einfach weitestgehend auszublenden.

Plötzlich, nachdem der Messestand für bestimmt zwei Stunden einfach nur von Besuchern überspült worden war, ist er fast leer. Irritiert sieht Julia sich um.

»Merkwürdig, nicht?«, sagt Sabine, die unweit von ihr steht. »Aber so ist das, erst ist der Stand proppenvoll, dann ist plötzlich Flaute, und dann geht's wieder richtig ab; das läuft nie gleichmäßig, sondern mehr in Wellen. Ist aber auch ganz gut so, dann kann man auch mal durchschnaufen.«

Sabine fügt noch an, dass sie sich eben mal kurz frischmachen gehe, und dann verlässt sie auch schon den Stand. Julia nutzt die Gelegenheit, um die Miniatur-Autos in den Vitrinen und jene, die dekorativ über den Stand verteilt angebracht sind (alle festgeklebt oder -geschraubt, damit sie nicht umgehend verschwinden), eingehend zu betrachten. Ja, das mag nicht die Welt retten, was ihre Firma herstellt, aber es macht sie ein wenig schöner!

Unglaublich, wie detailreich die Modelle in den unterschiedlichen Größen ausfallen – kein Wunder, dass viele Erwachsene sie sammeln, sie öfter in Vitrinen landen als in Spielzeugkisten, zumindest die opulenteren Modelle, die Prachtstücke! Vom alten Volkswagen-Käfer, bis hin zum modernen Feuerwehrlöschzug.

Julia bewundert die Modelle; da tritt Georg neben sie. Er ist für die Konstruktion verantwortlich. »Schönheit fasziniert, das kenne ich«, sagt er und lächelt sie aufreizend an.

Julia zuckt leicht zusammen. »Ach, du, du bist hier?«, hört sie sich dann sagen. Was Besseres ist ihr nicht eingefallen? Sie ärgert sich richtig über sich selbst.

»Wo sonst?« Georg lacht. Es ist ein freundliches und offenes Lachen, eines, das Peinlichkeit verscheucht.

Julia lächelt ihn unwillkürlich an. Wechselt aber sofort die Seite der Vitrine, wirft Georg noch einen letzten Blick zu und durchquert dann eilig den Messestand, hin zur Teeküche, in Sicherheit. Hier verschanzt sie sich nun erst einmal unauffällig, plaudert mit Ute die sich gerade einen Tee bereitet hat, über Belangloses, während sie sich selber einen macht und ihn schlürfend genießt.

Auch die nächsten Tage zeigt sich: Das Messeleben liegt ihr. Sie ist voller Tatendrang; und es bereitet ihr Spaß, bei den Kollegen mit dabei zu sein. Vor allem lernt Julia viele nette Leute kennen, sowohl ganz neu als auch erstmals persönlich: Etliche Kundennamen waren ihr aus den Aktenordnern oder vom Telefon durchaus vertraut. Wie schön, nun auch einmal Gesichter zu ihnen zu haben! Und es gelingt ihr nicht nur sehr gut, mit all den verschiedenen Menschen wortreich ins Gespräch zu kommen, sie stellt sich auch stets auf ihr Gegenüber richtig ein, so dass die Kontakte nicht nur angeregt beginnen, sondern auch gut enden. Sie meistert ihre Sache. Und mit ihrem Eifer und Geschick ist sie nach zwei, drei Tagen sogar in der Lage und von ihren Kollegen beauftragt, selbständig neue Kunden unter den Handelseinkäufern für das Unternehmen zu gewinnen. »Fantastisch, wie das läuft«, meint sie zu sich selbst.

Und besonders gut gefällt ihr, wie sie nach fünf Tagen befindet: Einige Kontakte gehen zwangsläufig über die rein verkaufsfördernde Wirkung, über das nur professionelle Messegespräch hinaus. Sie wird eingeladen und zum Essen ausgeführt von den Einkäufern in ihren dunkelblauen Anzügen, jenen aus Konzernen und Warenhäusern. Sie genießt das! Und durchaus auch die eifersüchtigen oder zumindest neidischen Blicke, die ihr folgen, wenn Georg sie mit den Männern den Messestand oder das Hotel verlassen sieht.

Und dann die Essen selbst: Die ausgewählten Speisen, köstlichen Weine, das jeweils ganz eigene, immer aber hervorragenden Ambiente, die galanten Männer – und was sie schon alles erlebt haben!

Inzwischen weiß sie, auch wenn es ihr liegt massenhaft Miniatur-Autos am Stand zu verkaufen, die bald doch sich oft wiederholenden Sprüche, die sich unterm Strich, bei allen Abweichungen in den Details, sich gleichenden Verkaufsgespräche – besonders bei den kurzen schlägt das zu Buche – die Miniatur-Autos fortwährend ähnlich zu zelebrieren, das kann schon ganz schön anstrengend sein und zwischendurch auch glatt mal etwas nerven. Acht Stunden am Stand auf den Füßen zu stehen, dauerlächelnd, daueranpreisend, im kurzen Takt Kunde um Kunde, Interessent um Interessent zu bedienen, das schafft schon – bei aller Freude am Tun und allem Talent dafür. Solche Highlights aber, die Essenseinladungen, machen alle Anstrengungen mehr als wett.

Ja, an dieses angenehme Leben auf gehobenem Niveau könnte sie sich gewöhnen! Und an einen Mann wie Georg auch: einen, der immer wieder auf sie zusteuert, der sie umgarnt –

wenn auch nicht immer sehr elegant –, der seine Aufmerksamkeit wieder und wieder nur auf sie richtet, Gelegenheit um Gelegenheit sucht, um sich ihr anzunähern, dabei aber nie zu aufdringlich wird. Der auch aufmerksam ist, ihr zum Beispiel ungefragt Tee zubereitet, immer einen Platz am Tisch freihält, sie auch fragt, wie sie geschlafen hat, und sie für ihre Verkaufserfolge lobt.

Wie anders ist da Michael! So fokussiert auf seine Arbeit, wie er immer ist, bleibt nicht viel Platz für Aufmerksamkeit ihr, Julia, gegenüber. Das hat nicht zu bedeuten, dass er sie nicht liebt – das tut er ganz sicher – oder zu wenig liebt – was sein könnte, aber wie soll man das richtige Maß an Liebe bestimmen?

Nun, jedenfalls, es tut ihr gut, wie Georg sie umschwirrt. Und attraktiv findet sie ihn ja auch.

Ob sie es nicht doch wagen soll … aber was? Ein neues Leben? Oder nur ein Abenteuer? Was will sie? Was kann es sein, von ihm aus, von ihr aus?

Gerade ist, nach heftigem Ansturm, wieder eine Flautephase am Stand. Julia ordnet Bestellunterlagen, breitet die Produktkataloge und Werbebroschüren neu aus, füllt die Keksschalen nach. Plötzlich steht Georg wieder neben ihr.

»Heute Abend«, sagt er, »den heutigen Abend musst du mir schenken. Ich wollte dich schon an den letzten Abenden … Aber dann warst du immer schon verabredet. Deswegen frage ich dich jetzt, mitten am Tag.«

Julia sieht ihn überrascht an – mit einer direkten Einladung hatte sie nicht gerechnet. Sie hatte gedacht, wenn dann müsste es sich irgendwie ergeben, dass sie zu zweit Zeit verbringen würden. Und auch, dass er das vielleicht gar nicht wollen würde – und alles nur ein Spiel war. Unschuldig, gewissermaßen.

»In die Altstadt-Bar, da möchte ich dich hin einladen – du musst doch auch mal das echte Nachtleben in dieser Stadt kennenlernen!«

Ein reizvoller Gedanke, findet Julia gleich: Bars, sie stehen für das Verruchte zwischen den Tagen, für Abenteuer und weite Welt. Und sie war noch nie so richtig in einer! Doch wie wird der Abend enden? Und was kommt danach?

»Auf, gib dir einen Ruck«, sagt Georg und stupst sie spielerisch an der Schulter an.

»Okay«, erwidert Julia. Und sie spürt ein ungeahntes Kribbeln in sich aufsteigen.

Es ist kurz vor Mitternacht. Die Bar ist überfüllt. Es wimmelt von Menschen. Die Lautsprecher jagen heiße Rhythmen in den Raum. Julia ist überwältigt. Dicht an dicht zwängt Georg sich mit ihr durch das Gedränge nach vorne zur Bar. Kaum, dass sie zwei Plätze ergattert haben, reicht ihnen der dunkelhäutige Barkeeper (sie hat noch nie von so nah einen Schwarzen gesehen! Das ist ja wie im Film!) die Getränkekarte. Ohne in sie hineinzublicken, bestellt Georg zwei Gin Tonic.

»Gin Tonic?«, wiederholt Julia und schaut Georg fragend an.

»Ja, das ist ein Longdrink, er schmeckt dir sicher«, erklärt Georg.

In imponierender Geschwindigkeit mixt und serviert der Barmann ihnen das Bestellte. Georg erhebt sein Glas, beugt sich etwas zu ihr herüber, sucht ihren Blick und sagt: »Auf dein Wohl!«

»Auf uns«, kontert Julia schelmisch. »Und auf die Nacht!«

Georg verschluckt sich leicht und muss husten, fängt sich aber sogleich wieder. »Die Nacht ist die Königin der Tage«, raunt er ihr zu.

Sie schaut irritiert. Er muss lachen und meint dann: »Ein Blödsinn, nicht? Habe ich mal irgendwo aufgeschnappt. Aber irgendwie auch sehr poetisch. Und auch wahr. Was meinst du?«

Angeregt unterhalten sie sich über diesen Satz, seinen Sinn und Unsinn. Gleiten von da zum nächsten Thema und nächsten, flirten miteinander, lachen beide viel, trinken nach und nach ihre Longdrinks aus, bestellen neue, bemerken mal kaum, wie viele Leute sich um sie herum in der Bar drängen, genießen es mal, die vielen Leute zu beobachten, wilde Vermutungen zu einigen von ihnen anzustellen: Was sie wohl beruflich machen, wie es privat bei ihnen aussieht. Einer etwa, einigen sie sich, ist ein ehemaliger Banker, der seinen Job hingeschmissen und eine Hundefutterfabrik aufgebaut hat; seine Frau hat ihn verlassen, als die Firma dann pleiteging, das war aber nicht so schlimm, denn seine Geliebte wollte schon lange ihren Platz einnehmen, außerdem ist er ein guter Musiker und …

Zwischendurch zündet Georg lässig zwei Zigaretten zugleich an; eine davon reicht er leger an Julia, und die andere raucht er selbst. Den Rauch bläst er genüsslich in Ringen in die Luft. Julia, die noch nie geraucht hatte, staunt. Sie nimmt einen tiefen Zug, und sogleich überfällt sie ein unangenehmes, hohles Hüsteln. Damit Georg es nicht mitbekommt, nimmt sie einen weiteren Schluck von ihrem Longdrink. Dann versucht sie tapfer, weiter zu rauchen. Und spült den Rauch weiter mit Alkohol herunter.

Bald ist ihr Glas wieder leer, Georg bestellt nochmals für beide. Und der Abend nimmt weiter seinen Lauf. Doch bald hinterlässt der

Alkohol deutliche Spuren: Julia wird es richtig schummrig zumute, ihr Magen fühlt sich auch nicht gut an – und die vielen Leute und die laute Musik …

»Ich fühl mich echt mies, ich muss raus ins Freie!« Ihre Stimme schwankt, als sie das ruft, und ihr Kopf sinkt danach auf seine Schulter.

»Na, ist das jetzt nicht leicht übertrieben?«, fragt Georg, streicht ihr aber beruhigend mit der Hand durchs Haar. Er raucht und trinkt noch in Ruhe fertig. Und braucht dafür viel zu lange findet Julia, der nun alles endlos vorkommt. Sie bedrängt ihn, endlich mit ihr zurück ins Hotel zu gehen, sofort. Doch Georg geht darüber hinweg. Julia ist augenblicklich wütend auf ihn. Mürrisch wendet sie sich ab, steht auf, schnappt sich ihren Mantel und verschwindet nach draußen.

Und jetzt? Unschlüssig bleibt sie kurz hinter der Ausgangstür stehen: auf Georg warten oder doch lieber gleich zum Gasthof? Ja, wohl Letzteres. Sie stiefelt los Richtung Straße.

Dabei atmet sie die klare, kalte Winterluft tief und gleichmäßig ein. Schnell geht es ihr deutlich besser, die frische Luft bekommt ihr gut. Und sofort will sie Georg doch dabeihaben, will sie nicht alleine zurück – will sie diese Nacht mit Georg verbringen. Sehnlichst, merkt sie, wünscht sie sich das herbei. Wut und Ärger sind verflogen.

Sie geht, am Bürgersteig angekommen, noch einige Schritte auf ihm entlang Richtung »Schwänlein«, bleibt dann aber, an eine Häuserwand angelehnt, stehen und schaut verträumt in die Dunkelheit. Blickt auch den feucht-fröhlich gestimmten Menschen nach, die noch unterwegs sind und an ihr vorüberziehen. Wahrscheinlich sind sie genauso erfüllt von Verlangen – oder ist es Liebe? – und Schuld wie sie.

»Tut mir leid, tut mir wirklich leid.« Plötzlich ist Georg da, ganz dicht bei ihr, und haucht ihr ins Ohr. »Wenn ich irgendwie nicht nett zu dir war, wirklich, es war ohne Absicht!« Er nimmt sie in die Arme, sie lässt ihn gewähren. »Komm her, alles muss gut werden.«

Eng umschlungen und unsicher und peinlich berührt schweigend, gehen sie zurück zum

Hotel. Dort angekommen schleichen sie, auf Geräusche lauschend, um ja nicht von Kollegen ertappt zu werden, die Treppen hinauf in die oberste Etage. Dort huschen sie an mehreren Zimmertüren vorbei, bis Georg sie vor einer Tür stoppt und diese behutsam öffnet. Er schlüpft ins Zimmer und zieht Julia an der Hand hinter sich her. Geräuschlos schließt er die Tür wieder. Im Dunkel des Zimmers überkommt sie ein Gefühl von Hilflosigkeit. Dann aber schwindet es, und die Anspannung fällt mit einem Male von ihr ab. Nun gibt sie sich nur ganz ihren anderen, den schönen Gefühlen hin, die sie sofort vollkommen erfüllen, als sie es zulässt. Total selbstvergessen schmiegt sie sich an Georg, umarmt und streichelt ihn. Seine Wange berührt sanft die ihre, sie spürt seinen Atem, saugt Georgs herrlichen Geruch ein. Seine Hand fühlt sie auf ihren Lenden und wie warm es ihr wird. Sie küssen sich begierig, entkleiden sich wortlos – jeder für sich – und versinken dann im Rausch, werden schwebend davongetragen …

»Es war schön mit uns«, sagt Julia, vermeidet aber, Georg ins Gesicht zu schauen. Denn es ging ihr nicht nur um Sex, es ging ihr um die Nähe. Und damit will sie ihn nicht verschrecken, hier hat sie Angst vor seiner Reaktion.

Sie schlafen kurz ein. Als sie wieder aufwachen, steigt Julia rasch aus dem Bett und verschwindet leise und unauffällig mit ihren Siebensachen in ihrem Zimmer direkt nebenan. Immerhin: Wand an Wand mit Georg!

Sie legt sich kurz aufs Bett, schließt die Augen und genießt einen Moment lang das Gefühl von Glück. Was zwischen ihr und Georg in einem Hotelbett in der Nacht geschehen ist, kann sie immer noch nicht glauben! Und es fühlt sich so gut an! Doch dann fängt sie an zu weinen, weil die Hoffnung fehlt.

Schließlich steht sie auf, öffnet das Fenster und atmet die kalte Luft tief ein. Die Stille in der Frühe beeindruckt sie und beruhigt sie auch ein wenig. Sie geht ins Bad und sieht im Spiegel: Die Spuren der Nacht sind überdeutlich. Sie versucht sie zu verwischen, duscht, schminkt sich, richtet sich her. Dann geht sie, nach dieser viel zu kurz geratenen Nacht und beschwert mit einer großen innerlichen Last, zum Frühstückstreff der Firma nach unten.

Dort sitzt Georg schon am Tisch; scheinbar ungezwungen, setzt sie sich, wie immer, neben ihn. Den Kollegen gegenüber sind sie beide bemüht, sich ganz zwanglos zu zeigen, ganz normal. Es geht, für den Moment.

Aber noch steht ein ganzer langer Tag gemeinsam am Messestand bevor. Und abends vielleicht noch ein gemeinsames Essen – na, am besten lässt sie sich wohl noch einmal von einem Kunden einladen! Aber morgen das Frühstück vor der Abfahrt, das wird wohl kaum zu umgehen sein. Und dann: das Miteinander später im Büro ... Das Leben geht ja weiter nach der Messe! Und Michael ... sie hat ihn betrogen!

Sie schämt sich; ihre Selbstachtung, die Tage zuvor auf der Messe so stark gestiegen, fällt ganz tief. Sehnsüchtig und voll Trauer blickt sie zu Georg. Er sieht auch gerade sie an. Seinen Blick kann sie nicht sicher deuten – aber ähnelte er nicht dem ihren? »Ist alles wirklich nur eine Episode gewesen, vorbei und bedeutungslos?«, fragt sie sich. »Oder ist da doch mehr?«

Am nächsten Morgen – den Tag zuvor hatte sie recht gut überstanden, Georg und sie waren sich auf dem Messestand unauffällig aus dem Weg gegangen, und abends hatte sie sich tatsächlich wieder von einem Kunden ausführen lassen – packt Julia früh am Morgen ihren Koffer. In Kürze soll es zurückgehen. Doch wohin zurück? In ihr altes, langweiliges Leben? Nun, an ihrem Berufsalltag würde sie erst einmal nicht viel ändern können. Aber Michael: Hier hat der Sprung ins flüchtige Glück mit Georg sie endgültig wachgerüttelt. Sie muss mit Michael sprechen, dafür sorgen, dass es wieder besser läuft – oder aus ist.

Ihre Beziehung mit Michael ist ja wirklich nur noch öde und langweilig, und im Grunde gibt es sie kaum noch. Sie leben in zwei verschiedenen Welten, die sich so gut wie nicht berühren. Ein echtes Liebespaar sind sie längst nicht mehr. Nein, eine gemeinsame Zukunft auf Dauer ist für Julia so nicht vorstellbar.

Wieder am heimischen Bahnhof angekommen, weiß Julia: Sie muss gar nicht mehr mit Michael über die Beziehung reden. Sie will nicht mehr mit ihm zusammen sein. Sie will sich mehr auf sich konzentrieren und Neues erfahren, von dem sie bisher keine Ahnung hatte. Will mehr Abenteuer. Und mehr Gefühl. Doch ist das fair, fair gegenüber Michael?

Ihr ist, als läge Michaels Wohnung schon direkt jenseits der Gleise. Und krampfhaft überlegt sie, wie sie diese Beziehung beenden, ja diese Verlobung lösen kann, ohne dass eine Katastrophe entsteht, ohne dass es zu Hass und widerwärtigen Auseinandersetzungen kommt.

Noch am Bahnsteig verabschiedet sich Julia von Ute und Sabine. Sie will jetzt alleine sein, um Abstand von allem zu gewinnen. Eine

Weile steht sie unschlüssig auf dem Bahnsteig herum, dann stromert sie ziellos durch den Bahnhof. Schließlich nimmt sie all ihren Mut zusammen und fährt in einem Taxi zu Michael. Er bewohnt im Haus seiner Eltern eine Einliegerwohnung im Dachgeschoss.

Sie schließt die Haustür auf, öffnet sie zaghaft und stellt ihr Gepäck im Flur ab. Und noch bevor sie ihren Mantel an die Garderobe hängen kann, kommt Michael die Treppen hinabgestürzt, legt die Arme um ihren Hals und gibt ihr einen Kuss. Julia entzieht sich und stammelt: »Ich bin müde.«

Michael ist verblüfft und weicht spontan einen Schritt zurück. Julia schiebt sich an ihm vorbei, eilt nach oben, lässt sich auf das Plüschsofa fallen. Michael geht ihr nach, will sich dazusetzen.

»Schon belegt«, murmelt Julia – und versucht, das wie einen Scherz klingen zu lassen, was ihr jedoch, wie sie selber merkt, nicht gelingt. Julia richtet sich auf, setzt sich hin, und Michael immer noch schweigend, setzt sich neben sie. Ein scharfer Blick geht über sie hinweg. »Dein Verhalten ist nicht nur seltsam, sondern auch ...«, sagt er in hartem Ton zu ihr.

Julia nickt hilflos, kneift die Augen zusammen und blinzelt dann Michael an. »Ähm, ich ... das ist eine ...« Sie bricht ab.

»Mein Gott«, schleudert Michael ihr unbeherrscht entgegen. »Sag endlich, was los ist! Ich meine, zwischen uns läuft's ja schon lange nicht mehr gut, das wissen wir beide, aber so hast du dich wirklich noch nie verhalten, so abweisend warst du noch nie!«

Julia räuspert sich, um Zeit zu gewinnen. »Ähm, ich – nein – also ...«, stammelt sie dann. »Das ist eine schwierige Geschichte.« Sie schaut zu Boden.

Michael verliert die Geduld: »Was soll das, rede zu Ende, was ist!« Wartend darauf, dass sie endlich weiterspricht, mustert er sie streng von oben bis unten. Julia bleibt stumm. Michael, glühend vor Zorn, steht auf und geht lauten Schrittes im Zimmer auf und ab.

Julia glaubt, diesen Machtkampf, diesen Druck nicht mehr länger ertragen zu können. Tränen rollen über ihre Wangen. Und sie fürchtet, dass ihre Entscheidung, sich von ihm zu trennen, nun doch bröckeln könnte. Innerlich fleht sie, wie im Traum, alle Mächte des Himmels an, dass all das Geschehene ungeschehen sei. Doch das bringt natürlich keine Hilfe. Alles, was passiert ist, ist passiert. Und sie muss sich der Auseinandersetzung mit Michael stellen. Auch wenn es ihr einen Schauer nach dem anderen über den Rücken, durch den ganzen Körper jagt.

Michael hält seinen Blick unentwegt auf sie geheftet. Sie seufzt einmal abgrundtief, und voller Panik stottert sie ihm dann entgegen: »Ich … ich liebe … jemand anderen … verstehst du?«

Sofort wendet Michael seinen Blick ab. Er macht unschlüssig zwei Schritte hin und her, dann geht er raus auf den Balkon. Offenbar hat er damit nicht gerechnet, weiß er nicht, was er machen, wie er reagieren soll, ist er völlig überrumpelt.

Draußen lässt er den Blick über die Bäume hinweg schweifen, zu dem kleinen See gegenüber. Das hat er mit Julia öfter getan – an den Tagen, an denen alles gut war.

»Das ist die Gelegenheit«, denkt sich Julia. Sie erhebt sich leise von der Couch, schleicht zur Wohnungstür, schlüpft durch sie hindurch und eilt die Treppen hinab. Im Flur schnappt sie sich Koffer, Reisetasche und Mantel.

»Schon ein bisschen schäbig«, denkt sie sich, als die Haustür hinter ihr zufällt, »aber das Wichtige ist gesagt. Und alles Weitere hätte nur unerträglich werden können.«

Dann stiehlt sie sich davon.

Heiligabend in der alten Scheune

»Halt, halt!«, hörte Ferdinand, als er mit Besen und Schaufel im Schneegestöber einen Weg durch das frische Weiß vor seinem Haus bahnte, eine Frauenstimme im Hintergrund dumpf rufen. Doch er konnte sie nicht gleich zuordnen, was ungewöhnlich war in diesem kleinen Dorf.

Er drehte sich um, zu sehen war aber nichts, er schaute nach rechts und nach links – niemand. Doch irgendwer hatte ja gerufen! Es war also jemand da, nur konnte er die Person nicht sehen: Zu finster war's um ihn herum.

Nur in der Ferne sah er Licht: einen vernebelten Schein aus der Dorfkirche, der vor allem aus der wohl kürzlich geöffneten Türe drang, durchbrach ein wenig das Dunkel der Nacht. Und die Sterne taten es zuweilen auch, wenn eine kleine Wolkenlücke einmal ein paar von ihnen kurz aufblitzen ließ, so dass sie verkünden konnten: Weihnachtszeit!

Die Nacht des Heiligen Abend war; und so nahm es auch nicht Wunder, dass sie trotz des vielen Schnees sehr dunkel daherkam: Erst wenn das neue Jahr eingeläutet wird, gibt es mehr Lichtblicke, beginnt eine allmählich heller werdende Zeit.

Plötzlich stand eine junge Frau vor ihm: Katharina. Vom Gottesdienst kommend, stapfte sie zu ihrem Elternhaus, um mit Vater und Mutter gemeinsam das Weihnachtsfest zu feiern. Sie zog den Schal vom Mund, den sie schützend bis übers halbe Gesicht hoch geschlungen hatte und der offenbar ihre Stimme unkenntlich gemacht hatte.

»Ferdinand, wo willst denn du noch hin? Heiligabend ist, die allermeisten Menschen sitzen gleich gemütlich in ihren Stuben am Weihnachtstisch und packen ihre Geschenke aus, und du ... du willst zu dieser späten Stunde noch fort, bei diesem kalten Winterwetter? Du würdest nicht weit kommen, die ganze Landschaft ist zugedeckt mit einem dicken Teppich aus Schnee; deswegen sind meine alten Eltern ja auch zuhause geblieben. Schau mich an, meine Kleidung, meine Stiefel und meine Hände. Überall haben sich Schneeflocken versammelt, wie eine Decke aus lauter kleinen Kristalle. Geh zurück in die Wärme der Stube! Zünde eine Kerze an und lass deine Gedanken an Weihnachten aus Kinderjahren in deinem Kopf spazieren gehen: daran, wie mit all den Verwandten gemeinsam gefeiert wurde; an den Tannenbaum, der fast bis zur Decke ragte und an dem unzählige Kerzen angezündet waren; und daran, wie all die altbekannten Weihnachtslieder gesungen wurden ...«

Und leise stimmte Katharina nun zwei Titel an, jeweils nur ein, zwei Zeilen, zart und Mut machend: »Sti-hille Nacht, heilige Nacht, alles schläft, einsam wacht ... Oh du fröhlich, oh du selige gnadenbringende ...«

Ferdinand genoss das, wie sie kümmernd auf ihn einredete, wie sie die Lieder anstimmte, und er lächelte.

Sie fuhr fort: »Dann beginnt für dich auch das Fest der Liebe und des Friedens – selbst wenn du nicht mehr in die Kirche gehst.«

Ferdinand seufzte. »Du hast ja recht, ein bisschen in der Vergangenheit graben und …« Er brach ab. Nach einer kurzen Pause setzte er wehmütig murmelnd hinzu: »Da brauchen wir gar nicht so weit zurückzugehen, bis in die Kindheit … Ja, mit Else, da ist alles noch anders gewesen.«

Else war vor fünf Jahren gestorben, ihr Herz hatte nicht mehr mitgemacht. Seit ihrem Tod lebte Ferdinand alleine in dem inzwischen etwas heruntergekommenen Bauernhaus – und fühlte sich einsam. Er hatte den Hof einst von seinen Eltern übernommen, die nun schon ewig nicht mehr lebten. Die Arbeiten auf dem Hof und auf den Feldern hatte er all die Jahre gemeinsam mit Else erledigt, und mit ihr hatte er die Abende genossen und die freie Zeit. Jetzt hatte er nur noch Max. Max, den alten Schimmel, seinen treuen Freund, mit dem er sozusagen seinen Lebensabend verbrachte.

Katharina schaute den alten Ferdinand, der nun unendlich traurig wirkte, aufmunternd an – doch auch ratlos.

Da sagte Ferdinand, den Kopf gesenkt, mit seiner rauen Stimme zu Katharina: »Ich muss noch heute Abend zu den Leuten, die in meiner alten Scheune, weit hinten in der Ferne, ein Zuhause haben, zu Eva und Johannes mit ihrem frisch geborenen Sohn; sie haben kein Geld für eine Wohnung in der Stadt oder auch nur eine anständige Bleibe im Dorf. Und in der alten verfallenen Scheune, da haben sie sich ihr Leben eingerichtet, inmitten von Gerümpel, altem Gerät, von Stroh und Holzbalken und dergleichen.«

Der Alte, dessen Bart schon gefroren war und glitzerte wie lauter kleine Eiszapfen, brach ab. Dann fuhr er fort: »Das ist keine Weihnachtsstube, dort gibt es keine Päckchen mit Geschenken. Doch Eva und Johannes lieben sich, sind füreinander da und sind glücklich mit ihrem Kind!« Und wieder machte er eine Pause. »Jaja, Katharina, so ist das, so leben leider viele Menschen auf der Welt: Sie haben keine Heimat, kein echtes Zuhause. Und wie viele haben noch nicht mal was zu essen! Leben auf der Straße und sind glücklich über jede

191

noch so kleine Gabe, die sie aus der Hand eines Vorübergehenden dankend entgegennehmen dürfen.«

Abermals unterbrach sich Ferdinand. Dann setzte er in verbittertem Ton, den Kopf weiterhin nach unten geneigt, hinzu: »Ja, es kann und darf doch in der Welt so nicht weitergehen!«

Katharina schwieg die ganze Zeit, hörte nur zu. Und auch in die Stille jetzt sprach sie kein Wort.

Leise sagte Ferdinand bald: »Ich bin zwar alt, hab aber immer noch eine warme Stube und auch einen treuen Freund, Max. Dazu bin ich gesund. Dafür bin ich dankbar. Und den anderen Menschen, die viel weniger haben als ich, die arm und vielleicht auch krank sind, denen möchte ich helfen. Ich muss jetzt zu Eva und Johannes und ihrem Sohn.«

Der Alte blickte auf. »Komm, Katharina, mit mir hinunter ins Tal: Wir bringen Freude und Glanz in die alte Scheune! Ein paar Geschenke fürs Paar: ein bisschen Brot, Käse, Äpfel, Nüsse und was Süßes, und auch ein paar

Windeln fürs Kind. Alles das hab ich eingepackt in buntes Papier. Es war noch übrig geblieben aus der Zeit, als meine Else noch lebte und sie für die Kinder im Dorf allerlei Kleinigkeiten liebevoll einwickelte und dann verteilte. – Ich fahr dich danach auch noch zu deinen Eltern.«

Katharina, zutiefst beeindruckt, umarmte Ferdinand, und gemeinsam stapften sie zum Pferdestall unmittelbar hinter ihnen.

Max, der gute Freund, wieherte, ganz so als stimmte er Ferdinands Worten zu. Da musste Katharina lachen, und auf Ferdinands Gesicht stahl sich ein Lächeln, das sogar seine Augen erfasste.

Der alte marode Schlitten, dessen Seitenstäbe morsch und teilweise gar zerbrochen waren, stand schon bereit. Sie schmierten noch eine Ladung Fett unter die Kufen, dann sollte es schon gut gehen, auch wenn die Kufen einigen Rost angesetzt hatten.

Max war schnell fertig vorgespannt, und die Geschenke hatten sie flugs aus dem alten Häuschen geholt, aus der warmen Stube. Nun saßen sie nebeneinander auf dem alten Pferde-schlitten. Der Schneefall hatte nachgelassen, die Wolkendecke riss immer mehr auf, und die Sterne ließen die weiße Landschaft zuneh-mend in Erscheinung treten. Die Zügel hielt Ferdinand fest in der Hand. Katharina hatte die bunten Päckchen auf ihrem Schoß. Zwei alte Pferdedecken, eine grün, die andere rot, hatten sie um die Beine geschlungen.

So glitten sie gemächlich durch die bald wunderbare Winterwelt; ganz still war es, nur der dumpfe Tritt von Max' Hufen, das Knistern des Schnees unter den Kufen und gelegentlich ein Knarzen des Schlittens waren zu hören; sanft schaukelten die Laternen, die am Schlit-ten angebracht waren, und mit ihnen ihre war-men Lichtkegel, die den Schnee glitzern ließen, jenen am Boden und die einzelnen Flocken, die noch in der Luft waren.

Katharina seufzte wohlig; und Ferdinand saß lächelnd dicht neben ihr. Im Dorf war mehr und mehr Licht zu sehen. Und der treue Max zog sie weiter und weiter, seitlich hinfort, hin zur fernen Scheune, in der das junge Paar, Eva und Johannes, mit dem frisch geborenen Sohn auf sie wartete, ohne dass es selbst noch davon wusste …

Mein größter Dank gilt meinem Lektor, Jan-Eike Hornauer aus München: für seine hilfreiche Unterstützung, seinen Glauben an meine Arbeit und seine Geduld auch während schwieriger Schaffensphasen.

Er hat es verstanden, mich zu ermutigen und zu fördern. Sein Fachwissen und sein Verständnis haben mich den ganzen Weg bis zum fertigen Buch begleitet; ohne ihn hätte ich es niemals gewagt, diesen zu beschreiten.

Helga Lüsebrink

Mein Leben

erzählt anhand der Männer,
die es prägten

173 Seiten, BoD
ISBN: 978-3-743134-03-4
Broschur: 11,90 €
Auch als E-Book erhältlich: 2,49 €

Aus der westdeutschen Provinz bis nach Griechen-
land und schließlich in die Millionenmetropole
Berlin zieht es Helga Lüsebrink, von schweren
Nachkriegsjahren bis hin zu gesicherten Zeiten im
wiedervereinigten Deutschland reicht der Bogen,
Zeiten der existentiellen Sorgen treffen auf solche
der Opernabende und Luxusreisen.

Impulsiv, alleinerziehend, fleißig in verschie-
densten Berufen und oft unstet auf der Suche hat
Helga Lüsebrink sich ein bewegtes Leben gestal-
tet. Schicksalsschläge und Glücksfälle haben es
weiter aufgewühlt.

Nun zeichnet sie ihr Leben anhand ihrer Männer
nach – und zeigt damit auch immer wieder Impres-
sionen bundesdeutscher Geschichte, etwa wenn
es um Themen wie Alleinerziehend-Sein geht oder
die Ehe mit einem Ausländer.